기억의 못갖춘마디

강연호
시집

문예
중앙
시선
015

기억의 못갖춘마디

강연호
시집

문예
중앙

시인의 말

　골목의 너무 많은 모퉁이에서 오래 서성거렸다 외등처럼 제 발치께를 우두커니 내려다보는 자세가 나는 마음에 들었다

　골목의 너무 많은 모퉁이마다 불 꺼진 방들은 세상에서 가장 깊은 표정을 짓고 있었다 나는 그것도 마음에 들었다

　그대여, 골목의 너무 많은 모퉁이를 돌아나간 아코디언풍의 바람을 기억하는지

　나는 나를 다독거린다

2012년 봄
강연호

차례

1부 건강한 슬픔

흔적

비닐 장판이 둥글게 뜯겨 있다
뜯긴 자리가 흉터마냥 거뭇거뭇하다
거기 오래전에 솥단지나 냄비가
엉덩이를 쓰윽 디밀었었구나
누군가의 속을 따뜻하게 데우기 위해
털썩 주저앉았었구나
그 자리가 모락모락 치밀어 오른다
뜨겁다

몸살

뜨겁고 춥다, 이 모순의 육체는
그럭저럭 매력적이다
약 기운 때문인지 지면에서 얼마쯤
붕 떠 있는 느낌, 금방이라도
곤두박질칠 듯 아슬아슬한 공중부양 같다
들뜬 청춘 같다

초봄이 한겨울보다 매서운 건
세상 움트는 것들의 통증 때문이다
연초록은 원래 비릿하고
청춘은 불량을 무기로 내세운다
이빨 사이로 찍찍 침을 내뱉거나
면도날을 질겅질겅 씹기도 하는

그 시절 지나면 몸살이란
스위치를 올리자마자 팍 불이 나간
백열등 같은 것, 잠시 미련처럼 빛살이 어려
알전구를 귀에 대고 흔들어본다

이 어둠을 어찌 돌이킬래?
누군가 속삭인다
끊긴 필라멘트마냥 파르르 오한이 온다

추워서 뜨거웠고 어두워서 환했던
기억이 있다, 그 불량의 시절인 듯
연탄불처럼 다시 층층 포개지고 싶다
포개져 마침내 화르륵 타오르는 체위이고 싶다
나중에는 부엌칼로 갈라야 하더라도
가르다가, 앗 뜨거라 불투성이로 깨지더라도

몸살이란, 그 기억에 살이 낀 것이다
혼자 열없이 열 오른 것이다

가마우지 덫

TV 화면에 비친 가마우지 한 마리
검은 기름을 잔뜩 뒤집어쓴 채
바닷가에 우두커니 서 있다
분신의 자세로, 곧 불이라도 당길 듯
앙다문 부리에는
배를 뒤집고 떠오른 물고기가 걸려 있다

인간이 고안해낸 사냥법 하나
가마우지 목에 줄을 매어놓으면
가마우지는 잡은 물고기를 삼키지도
날아오르지도 못한단다
그때 물고기를 얻는 것이 가마우지 덫이다
좀 치사한 방식이기는 하지만

지금 가마우지는 목에 줄이 없다
그저 온몸에 검은 기름 붓고
결연하게 서 있다, 일인 시위처럼
아니 일조 시위처럼 가마우지가 말하지

나는 아가미도 없는데 숨구멍이 조이네
말도 말라며 물고기가 말하지
나는 실지렁이를 쫓았는데 기름띠였네

이윽고 한 무리의 물고기들이
물고기를 입에 문 가마우지들이
올가미 모양의 대오를 이루어 어디론가 날아간다
그 이동경로를 따르며
지구는 가쁜 숨을 몰아쉬고 있다
어째 가마우지 덫에 걸린 것 같기도 하다

밥의 그늘

지하보도 만물상
구석에서 늙은 사내
밥을 먹는다
늦은 저녁은 시리다

찬밥에 온도가 있나
밥의 온도야말로
절대적으로 상대적이다

만물상답게
없는 것 없어서
백열전구는 휘황찬란하고
김치 국물 한 방울에 치미는 식욕
사람들은 묵묵 지나간다

밥의 그늘
당신의 그늘
당신, 이라는 그늘

＞

지상의 방 한 칸을 위해
지하보도 쪽방
만물상을 차려 평생이란다
없는 것 없어도
밥이 만물이란다

사내의 입속
그늘이 깊다

건강한 슬픔

그녀로부터 전화가 왔다
오랜만이라는 안부를 건넬 틈도 없이
그녀는 문득 울음을 터뜨렸고 나는 그저 침묵했다
한때 그녀가 꿈꾸었던 사람이 있었다 나는 아니었다
나도 그때 한 여자를 원했었다 그녀는 아니었다
그 정도 아는 사이였던 그녀와 나는
그 정도 사이였기에 오래 연락이 없었다
아무 데도 가지 않았는데 서로 멀리 있었다

전화 저쪽에서 그녀는 오래 울었다
이쪽에서 나는 늦도록 침묵했다
창문 밖에서 귓바퀴를 쫑긋 세운 나뭇잎들이
머리통을 맞댄 채 수군거리고 있었다
그럴 때 나뭇잎은 나뭇잎끼리 참 내밀해 보였다
저렇게 귀 기울인 나뭇잎과 나뭇잎 사이로
바람과 강물과 세월이 흘러가는 것이리라
그녀의 울음과 내 침묵 사이로도
바람과 강물과 세월은 또 흘러갈 것이었다

>

그동안을 견딘다는 것에 대해
그녀와 나는 무척 긴 얘기를 나눈 것 같았다
아니 그녀나 나나 아무 얘기도 없이
다만 나뭇잎과 나뭇잎처럼 귀 기울였을 뿐이었다
분명한 사실은 그녀가 나보다는 건강하다는 것
누군가에게 스스럼없이 울음을 건넬 수 있다는 것
슬픔에도 건강이 있다
그녀는 이윽고 전화를 끊었다
그제서야 나는 혼자 깊숙이 울었다

산수유 마을에 갔습니다

지리산 산동 마을로 산수유 사러 갔습니다
산동 마을은 바로 산수유 마을이고
그 열매로 차를 끓여 마시면 이명에 좋다던가요
어디서 흘려들은 처방을 핑계 삼았습니다만
사실은 가을빛이 이명처럼 넌출거렸기 때문입니다
이명이란, 미궁 같은 귓바퀴가 소리의 출구를 봉해버
린 것이지요
내뱉지 못한 소리들이 한꺼번에 귀로 몰려
일제히 소용돌이치는 것이지요, 이 소리도 아니고 저
소리도 아니면서
이 소리와 저 소리가 한데 뒤섞이는 것이기도 하구요
어쨌거나 이명은 이명이고 산수유는 산수유겠지만
옛날에는 마을의 처녀들이 산수유 열매를 입에 넣어
하나하나 씨앗을 발라냈다던가요
산수유, 하고 입안에서 가만가만 소리를 궁굴려보면
이명이란 또한 오래전 미처 못다 한 고백 같은 것이어서
이제라도 산수유 씨앗처럼 간곡하게 뱉어낼 것도 같
았습니다

그래서 붉은 혀와 잇몸 같은 열매가 간절했답니다

어쩌면 이명이 낫는 대신, 지난봄의 노란 꽃잎마냥 눈이 환해지거나

열매처럼 붉은 목젖이 자랄 수도 있었겠지요

마을은 한창 산수유 열매를 따서 널어 말리는 중이었습니다

씨앗을 들어낸 뒤 마당이나 길바닥에 펼쳐놓은 열매들은

넌출거리는 가을빛에 쪼글쪼글해지고 있었습니다

그것은 문득, 장롱에 차곡차곡 개켜 넣은

철 지난 옷가지들을 물끄러미 바라보는 일처럼 서글펐답니다

이제 돌아가면 오래전 쑥뜸 자국 같은 한숨 한번 몰아쉰 뒤

이명보다 깊이 잠들 수 있을는지요

산수유 사러 산수유 마을에 갔습니다

꽃무늬 벽지 여인숙

어느 여인숙인지
이름도 기억나지 않지만
꽃무늬 벽지를 만났다
벽 건너에서 두런두런
씻는 소리
울음 소리
신음 소리
도배지 꽃무늬에 얹혀
얼룩을 만들었다
아, 파도 여인숙이랬다
파도조차 숨죽여 들었다
세상의 모든 꽃무늬 벽지는
쑥스럽고
애틋하고
서글프다
혹은
서글프고 애틋하고 쑥스럽다
도배지의 내력을 따라가다

스르르 잠이 들었다
어느 여인숙인들 어떠랴
여인숙에서 여인을 떠올리던 시절이
여인숙에서 인숙이를 떠올리던 시절이
있었더랬다
이제는 아무도 흥정하지 않아서
아무렇지도 않게 빨랫줄에 내걸린
꽃무늬 팬티 같은
꽃무늬 벽지
여인숙

신발의 꿈

쓰레기통 옆에 누군가 벗어놓은 신발이 있다
벗어놓은 게 아니라 버려진 신발이
가지런히 놓여 있다
한 짝쯤 뒤집힐 수도 있었을 텐데
좌우가 바뀌거나 이쪽저쪽 외면할 수도 있었을 텐데
참 얌전히도 줄을 맞추고 있다
가지런한 침묵이야말로 침묵의 깊이라고
가지런한 슬픔이야말로 슬픔의 극점이라고
신발은 말하지 않는다
그 역시 부르트도록 끌고 온 길이 있었을 것이다
걷거나 발을 구르면서
혹은 빈 깡통이나 돌멩이를 일없이 걷어차면서
끈을 당겨 조인 결의가 있었을 것이다
낡고 해져 저렇게 버려지기 전에
스스로를 먼저 내팽개치고 싶은 날들도 있었을 것이다
이제 누군가 그를 완전히 벗어던졌지만
신발은 가지런히 제 몸을 추슬러 버티고 있다
누가 알 것인가, 신발이 언제나

맨발을 꿈꾸었다는 것을

아 맨발, 이라는 말의 순결을 꿈꾸었다는 것을

그러나 신발은 맨발이 아니다

저 짓밟히고 버려진 신발의 슬픔은 여기서 발원한다

신발의 벌린 입에 고인 침묵도 이 때문이다

봄밤

낮에 지나쳐온 거리마다 분분했던 꽃잎
집에 돌아와보니 몇 장은 우표처럼
어깨 한 귀퉁이에 여전히 달라붙어 있네
나는 과연 제대로 배달된 것일까
수취인 불명의 편지마냥 우두커니 서서
우주의 어둠으로 어두운 방을 들여다보네
창밖으로는 인공위성처럼
밤늦은 시민공원 운동장을 공전하는 사람들
한번 궤도를 이탈하면
다시는 진입하지 못한다는 듯
고분고분 트랙 안에서 걷거나 뛰고 있네
어디선가 끙끙 전화벨이 울다 지치면
가끔 연락하며 살자는 세상도
끙끙 앓다 지칠 테고
건너편 아파트는 띄엄띄엄 불이 켜지거나
켜졌던 불 다시 꺼지거나
쉴 새 없이 모스 신호를 날리고 있네
엘리베이터는 바쁘게 오르내리고

잘못 배달된 통닭은 식어가고
맥주는 김이 빠지고
어디선가 문이 쾅 닫히는 소리
물 내리는 소리
나는 한숨 쉬고 꽃잎 한 장 떼어내고
또 한숨 쉬고 꽃잎 두 장 다시 붙이고
영영 궤도를 잃고 떠돌 것만 같은 봄밤이네
무말랭이처럼 꼬들꼬들한 봄밤이네

중언부언의 날들

잘 지내고 있지? 설마 외로운 건 아닐 테고
옷깃만 스치는 날들이 지나가서 나는 이윽고 담배를
끊었다
산 입에 거미줄을 치며 침묵이 깊었다
침묵이 불편해지는 관계는 오래가기 힘든 법이다
번번이 먼저 연락하게 만든다며, 이번에도 졌다고 너
는 칭얼거렸다
나는 이기고 싶은 마음이 없어 너를 찾아갔다
하지만 네가 스스로 이름 붙였던 유배지는 텅 비어 있
었다
내 기억의 못갖춘마디 속에 꾹꾹 도돌이표를 찍어놓고
너는 또 어느 봄날에 미처 해배된 것일까
이쯤에서 우리 그만두자고 큰소리치고 싶었지만
목적어를 명시하지 못한 객기는 조금 불안했다
대신 하염없는 취생몽사의 어디쯤
옷깃만 스치는 생의 말엽에 대해 골똘히 생각했다
末葉, 그때는 정말 마지막 잎새처럼 악착같이 매달리
지는 말자

다만 잘 지내지? 지나가는 말로 안부를 물어주는 게
그나마 세상의 인연을 껴안는 방식이라는 것
　설마 외로운 건 아니었으면 싶다 나는 또 담배를 끊
었다

불타는 트럭

내 그럴 줄 알았다
이런 날이 올 줄 알았다
죽음 앞에서는 다 선무당이지
도로 한복판에서
홀연 불타는 트럭
저 소신공양
기어이 주저앉았구나
나무가 나무를 문지르듯
속도가 속도를 문질러
제 속의 불을 싸지르고 만
과감하게 퍼질러져
영원히 길 위의 생으로 남은
저 짐승의 결단
교통은 교통을 정리하지 못해
씩씩거리지만, 씩씩거릴 뿐
함부로 불타오를 줄 아는
저 의지 앞에서는
모두 겁을 먹게 마련이지

다들 한때 꿈꾸었으나

꽉 막힌 생이여

돌아갈 길이 없다

우회할 길이 없다

길이 없다

한사코 빵빵거릴 뿐

유리병 편지

유리병에 넣은 편지를 바다에 띄울 때
밤하늘의 별자리를 생각한다

별들이 모인다고 별자리를 이루는 게 아니다
수십 수백 광년을 떨어진 별 하나가
다른 별을 향해 눈을 떠 처음 반짝이기 시작한 자리
보채듯 고사리손을 한번 내밀어본 자리
이윽고 별똥의 운명을 무릅쓰고 헤엄쳐간 자리
별자리란 그 길을 가만가만 되짚는 자리다

유리병에 넣은 편지를 바다에 띄울 때
편지는 지느러미가 없고 유리병은 영법을 모르지만
바다에 글을 던지는 심사는 깊다
말하자면 하나의 별이 다른 별을 향해
겨우 눈을 뜨게 하는 것
다음은 영원한 심연의 파도에 맡겨두는 것
우주는 역시 위태롭게 가는 맛이 제격이다

청춘은 가고 연애는 끝나도
별은 떠서 세상이 우주라는 것을
결국은 한통속이라는 것을 알려준다
광년과 광년을 건너 어느 기슭에 흘러가 닿은 시선이
마침내 길을 만들고 별자리를 이룬다는 것을
그러니 간절하지 않을 도리가 없다

유리병에 넣은 편지를 바다에 띄울 때
답장이 없거들랑 그 역시
유리병에 넣어 바다에 띄운 줄 알 일이다

살다 보면 비가 오는 날도 있다

솥뚜껑 위의 삼겹살이 지글거린다고 해서
생의 갈증이 해소되는 것은 아니지만
일찍 취한 사람들은 여전히 호기롭다
그들도 박박 지우고 싶은 기억이 있는 것이다
세상의 남루나 불우를 그저 견디겠다는 듯
반쯤 남은 술잔은 건너편의
한가로운 젓가락질을 우두커니 바라볼 뿐
이제 출렁거리지도 기울어지지도 않는다
참다 참다 그예 저질러버린 생이 있다는 듯
창밖으로 지그시 내리는 빗줄기
빨래는 오래도록 마르지 않고
쌀알을 펼쳐본들 점괘는 눅눅할 것이다
분명한 것은 아마
이 밤이 지나가면 냉장고의 찬물을
벌컥벌컥 들이켜야 할 새벽이 온다는 것
정도가 아닐까 어쩌면 이 술잔은
여기 이 생에 건네질 게 아니었는지도 모른다
삼겹살을 뒤집어봐야 달라질 것 없고

희망은 늘 실낱같지만

오늘의 운세는 언제나 재기발랄 명쾌하다

62년생 범띠, 살다 보면 비가 오는 날도 있다

데자뷰

언젠가 너를 본 적이 있지
내 얼굴의 거울은 타인의 얼굴인 것을
미처 알아보지 못한 척하지

거울아, 거울아, 이 세상에서 누가 제일 나 같지?
이미 답을 알고 던지는 질문을 뒤집듯
거울을 홱 뒤집어보기도 하지
그 뒤에 꼭 누가 웃고 있을 것만 같아서
등골 서늘해지는 느낌을 즐기지

내 얼굴의 거울은 바로 네 얼굴인 것을
나는 언제나 너를 질투하지
거울아, 거울아, 이 세상에서 누가 제일 너 같지?
답이 마련된 질문을 거듭 던지며
뻔뻔하게도 나는 얼굴을 붉힌 적이 한 번도 없지

두드려라, 깨질 것이다
두드려라, 깨진 만큼 늘어날 것이다

나는 짐짓 지구본마냥 고개 기울여

늘어난 얼굴들을 빤히 쳐다보며 묻지, 누구시더라?

말뚝

말뚝은 죽은 나무지만
죽은 나무는 죽어서도 버티어 서 있다 그 고집이 아
프다
어찌 보면 말뚝이야말로 죽어서 사는 나무 아닌가
말뚝의 힘은 고집에 있다 그 고집은 가령
말뚝이라는 낱말의 모양새나 소리에도 무뚝뚝하게 묻
어 있다
쉽게 뽑히거나 꺾이는 말뚝을 말뚝이라 할 수는 없다
그것이 그나마 말뚝의 고집을 달래는 방식일 것이다
물론 죽은 나무는 죽은 나무이므로
말뚝에서 새순이 트고 줄기가 벋고 잎이 무성할 수는
없다
그러나 어디 말뚝으로 박혔다면
왕년의 시간을 돌아보아도 좋을 것이다
다만 그때 다른 길이 있었다고는 말하지 말자
세상의 모든 세월이 그믐으로 가듯
세상의 모든 길이 결국 외길이었음을
새기지도 말자, 제 주위를 빙빙 돌았을 뿐이지만

덜렁 뽑히거나 꺾일 게 아니라

외곬의 고집으로 퉁명스럽게 버티다가

버티다가 마침내는 아예 땅속으로 머리끝까지 처박혀
버리는 것

그것이 말뚝의 최후이자 죽어서 영원히 사는 처음일
것이다

디아스포라

자동차로 건너가는 김제 만경 들판
무리를 이룬 겨울 철새들이
2월의 하늘을 덮었다 걷었다 한다
이제 곧 시베리아인지 어디로인지 떠나려는 듯
보따리를 쌌다 풀었다 부산하다
나는 방금 지나쳐온 길가 현수막에서
절대 도망 안 가는 베트남 처녀를 되새긴다

문득 나 역시 늘 도망치며 살았다는 생각
사람을 피해 떠돌았다는 생각
이제 누군가를 만나면 내가 이민족 같다
연변 러시아 우즈베키스탄 몽골인지
혹은 태국 인도네시아 필리핀 방글라데시인지
사방팔방 북상과 남하의 갈림길에서
잠시 지쳐 머물다가
다시 떠날 채비에 분주한 철새 같다

하기는 이 생에서 디아스포라 아닌 자

어디 한번 나와보라고 해

먼저 돌을 던지라고 해

들판 가득 철새들이 모여 시위를 한다

차창에 성긴 눈발 몇 점

돌멩이처럼 달겨든다

간간 들불 오르는 늦겨울의 김제 만경 들판을

아득히 뗏장처럼 물고 가는 철새들

하늘의 길과 땅의 길이 다르지 않다

멀리 푸릇하게 오른 보리 싹이

질끈 눈 감고 제 발을 꾹꾹 눌러 밟는다

뿌리를 깊게 내려

텃새로 남거나 텃세를 견디거나

모쪼록 베트남 처녀의 가정이 행복했으면 싶다

얼마 전에 한국의 시인 작가들은

민족을 떼기 위해 설문과 집회를 열었다

여고 괴담

올여름에도 어김없이 등장한 납량특선
여고 괴담 시리즈
여고에는 괴담도 많고 시리즈도 많지
급훈과 교훈이 나란히 걸린 교실
액자 속에 가둬진 생이여
아직 비릿한 화장품 냄새와
익숙하지 않은 브래지어처럼
청춘이 답답하겠구나
아니 고민이 필요 없겠구나
인생을 고민하는 것처럼 미련한 것은 없지
똑바로 살아라, 는
언제나 똑바른 해서체니까
가라는 대로 화살표를 따라
머리채 잡혀 질질 끌려가다 보면
캄캄한 운동장과 텅 빈 복도에 이르게 되지
자, 아무도 없는 교실
깨끗이 닦인 칠판이
학창시절의 한때를 얼마나 매혹했던가

그러나 매혹이 공포로 바뀌는 건 순간이라는 것을
칠판의 낙서는 갑자기 중단된다는 것을
모든 여고 괴담이 알려주지
괴담은 여고에서 시작되는 게 아니라
화살표에서 시작된다는 것을

날짜변경선

고요한 바다가 만상을 비춘단다

날짜변경선을 건너가며 새들은

해가 동해에서 뜬다는 사람들의 말을 태평양에 버린다

대체로 말이란 하루를 더하거나 빼는 일처럼 부질없
지만

태풍이나 허리케인, 혹은 토네이도나 쓰나미조차

날짜변경선 근처에서는 잠시 머뭇거리지 않았을까

서울로 뉴욕으로 베이징으로 서로 다른 시간 속을 흘
러 다니다 보면

그렇게 더하고 빼는 하루가 있단다

그동안 대서양에서 떠오른 달은 인도양으로 지기도
할 것이다

어제 다르고 오늘 다르다는 말이 농담이 아니다

저 으르렁거리는 시간의 폭력을 어쩌겠느냐

다만 그 팽팽한 구획 속에 또아리 튼

낮과 밤의 질서와 계절의 순환을 묵묵히 견디며

장엄인가 희극인가 질문도 없이

밤바다의 별들은 여전히 쌀알을 흩어 생을 점칠 것이다

함부로 토막 낸 날짜들이 퉁퉁 불어나는 동안에도

파도는 무심하게 날짜변경선 이쪽과 저쪽에서 뒤섞이고

해와 달 역시 이쪽에서도 뜨고 저쪽에서도 질 것이다

그러니 더하거나 빼거나 하루의 마모를 견디기 위해서는

돌아가야 한단다, 돌아가 겨우 고요해질 때

그때 꾹 눌러 찍은 도장처럼 선명하게

비로소 海印이라는 이름 하나 얻게 되는 거란다

단풍

사랑은 맹목을 잃는 순간 사랑이 아니어서
붉은 잎 단풍 한 장이 가슴을 치네
그때 눈멀고 귀먹어
생각해보면 가슴이 제일 다치기 쉬운 곳이었지만
그래서 감추기 쉬운 곳이기도 했네

차마 할 말이 있기는 있어
언젠가 가장 붉은 혓바닥을 내밀었으나
그 혀에 아무 고백도 올려놓지 못했네
다시 보면 붉은 손가락인 듯
서늘한 빗질을 전한 적도 있으나
그 손바닥에 아무 약속도 적어주지 않았네

붉은 혀 붉은 손마다 뜨겁게 덴 자국이 있네
남몰래 다친 가슴에
쪼글쪼글 무말랭이 같은 서리가 앉네
감추면 결국 혼자 견뎌야 하는 법이지만

사랑은 맹목을 지나는 순간 깊어지는 것이어서

지그시 어금니를 깨무는 십일월이네

바닥

그는 지금 여기가 바닥이라고 생각한다
더는 밀려 내려갈 곳이 없으므로
이제 박차고 일어설 일만 남은 것 같다
한밤중에 깨어나 찬물을 벌컥벌컥 들이켜면
들끓는 세상이 잠시 식은 것처럼 느껴지기도 하지만
진짜 갈증은 그런 게 아니다
바닥의 바닥까지 내려가
여기가 바로 밑바닥이구나 싶을 때
바닥은 다시 천길만길의 굴욕을 들이민다는 것을
굴욕은 굴욕답게 캄캄하게 더듬어온다는 것을
그는 여전히 고개를 가로저어보지만
스스로를 달래기가 그렇게 쉬운 게 정말 아니다
그는 바닥의 실체에 대해
오래전부터 골똘히 생각해온 듯하다
그렇다고 문제의 본질에 가까워진 것도 아니지만

바닥이란 무엇인가
규정하자면, 털썩 주저앉기 좋은 곳이다

물론 그게 편안해지면

진짜 바닥은 거기서부터 시작된다

지긋지긋이 지극하다

지긋지긋한 게 어디 세끼 밥 먹는 일뿐이랴
다들 별고 없다는 안부조차 지긋지긋해질 때
세상은 어디 국경이라도 넘어보라는 듯
고요하다, 쓸 만한 사람은
죄다 넘어갔다던 시절이 있었지
쓸 만해서 그들이 건너간 게 아니라
넘어가서 쓸 만해진 것 아닐까
지긋지긋하다는 것은 간절하다는 것
깊은 고요는 못 이룬 열망을 감추고 있다
세월은 여전히 고봉밥처럼 지긋지긋을 퍼 담겠지만
비손은 부질없어야 더욱 빛나는 법이다
간절한 비손이 허드렛물을 정화수로 바꾸듯이
지긋지긋이 모여 삶은 지극해진다
모월모일 어디 국경이라도 넘어보라는 고요 속
삼가 지긋지긋한 밥심으로 쓴다

지긋지긋이 지극하다

울음

벗꽃이 만개하면서
그는 이제 울지 않는다
정확히 말하자면 어떻게 우는지 잊는다
그는 언제나 그를 위해 울었을 뿐
누군가를 위해 울어준 적이 없었으므로
저 벗꽃의 만개를 울음이라고 생각하지 못한다
꽃이란 다른 게 아니다 누군가를 위해
깨끗이 울어준다는 것
아니 울음조차 꾹꾹 눌러 삼킨다는 것
저기 꽃 벗꽃들 울음을 감춘다
그러나 어금니 깨물 때마다
몇 무더기씩 흩날리는 꽃잎들을
그가 처연하게 바라볼 수는 있었으리라
젊음을 탕진했는지 어쨌는지 알 수 없지만
자신을 위한 울음조차 잊은 지금
어디선가 장구 소리 희미하게 들려온다
노세 노세 젊어서 노세
화무십일홍이라—

음치교정교실

봄밤의 문화센터 음치교정교실
고쳐야 할 것이 많아
봄밤에 사람들은 잠을 못 이룬다
봄밤에 사람들은 근심이 많다
봄밤에 사람들은 노래방에 가야 한다
그러자면 봄밤에 카스바의 여인을
계속 불러내야 한다
낯설은 내 가슴에 쓰러져
한없이 울던 그 사람
한없이 울던 그 사람이
한없이 울려 퍼지고 있는 봄밤
도돌이표도 안 찍혔는데
영 맘에 들지 않는
한없이 울던 그 사람
한없이 울던 그 사람이
한없이 찔러대는 봄밤이여
자객 같은 봄밤이여
낯선 슬픔에 안기고 싶은 밤이다

2부 이명의 깊이

음악

—정대에게

그때 음악과 시가 있는 한
영원한 청춘일 거라고 생각했었다
그때 우리가 쏘다녔던
골목과 천변은 빛났던가
아니 한 장의 나뭇잎조차 빛나지 않았다
우리가 빛이었으므로
가슴 근처에 잡히는 멍울은
울음이 아니라 음악이라고 생각했었다
하기는 울음이 곧 음악 아닌 적 있었던가
다만 슬프지도 격렬하지도 않을 뿐이야
그렇게 생각했었다
그래서 우리는 시를 썼고
그래서 한 번도 청춘인 적 없었다
진작부터 늙은 노을이었다

지나가는 말로 묻는 안부처럼
무심한 듯 갑자기 가슴을 치는 것
음악이란 그런 것이다

사람의 그늘

사람의 그늘을 만난 지 오래다
어디 그늘이 없었을까, 눈 흐려진 탓이다
나이 들면 자꾸 멀리 보게 마련이고
멀리 건너다보는 시력으로는
사람의 그늘도 흐리게 뭉개지는 법

그늘을 헤아리는 심사는
어느 늙은 나뭇가지 사이로
한때 무성했던 세월이 구름처럼
뭉텅뭉텅 흘러가는 것을 바라보는 일
바람 가는 방향으로 귀를 연 이파리들의
여름에는 키가 크고 겨울에는 늘어졌을
한 시절의 내력을 가늠하는 일
우듬지 여윈 손가락이 바람을 쓸어 넘기듯
아, 나도 언젠가 저런 빗질을 받은 적이 있었더랬는데
덜 마른 빨래처럼 고개 수그리고
머리를 맡겨 생각에 잠기는 일

지금은 없는 누군가의 서늘했던 그늘
그 어두웠던 눈 밑으로
문득 흔들렸을, 잠깐 반짝였을
불빛인지 물빛인지를 놓치지 않았으나
그저 놓치지 않았을 뿐
내가 감당하지 못할 것 같아 애써 멀리 외면했던
그늘의 길이를, 마침내는 깊이를
이제 와 곰곰 되짚는 일이다

그러나 눈 흐려진 지 오래
한 뼘 두 뼘 겨우 더듬을 뿐
사람의 그늘을 재어본 지 오래다

이명의 깊이

어머니 이명으로 날밤 새운다
한 귀로는 우르릉 우레가 지나가고
다른 귀로는 새액새액 기차가 울고 간단다
샅은 말라붙고 젖퉁이는 쪼그라들고
연밥 빠져나간 연실마냥
뼈마디마다 구멍이 숭숭하다

어머니 몸은 이제 텅 비었다
빈집은 소리가 많다
소리란 소리는 모두 귓속으로 모인다
우레와 기적이 울릴 때마다
그 많던 어머니 세간은 누가 다 실어갔나
자식이 넷이나 되지만 아무도 말 못한다

이명은 침묵 속에서 더 깊다
기다림이 길어지면 귀먹는 법이지
작은 기척에도 바람에도
귀 기울이다 귀 기울이다

폭삭 주저앉은 귀청인 것이지
빈 우물 같은 이명이 텅텅 귓속을 울릴 때

여자로서는 일찌감치 텅 빈 자리
그래서 결국 영원히 가득 차 있는 자리
진짜 깊이란 그런 것이다

가장 이른 깨달음

퇴락한 절간의 대웅보전인데
나보다 먼저 온 중늙은이 하나
엎드렸다 일어섰다 연신 절을 하고 있다
오체투지는 간절하다
창호지에 조금조금 스민 겨울 빛살이
냉골의 마룻장을 겨우 덥히고 있다
가만히 곁에서 합장을 해보다가
문득 나는 눈부시게 부럽고
부끄러워진다, 저렇게 간절한 적이
언제 한 번이라도 있었던가

저 보살의 자세는
천 배인가 삼천 배인가
부처를 향한 것인가 세상을 향한 것인가
알 수 없지만
어떻든 결국은 스스로에게 간절한 것
아닌가, 평소 의심 많던 나는
그리 결론짓고 서둘러 물러 나온다

저렇게 간절할 자신이 없다
간절했던 적이 없다

깨달음은 왜 늘 뒤늦은가
뒤늦더라도 기어이 오기는 와서
밀린 생을 돌아보게 하는가
이미 늦었다고 뭉개버리게 하는가
정말 뒤늦은 깨달음은
스스로에게 간절할 자신이 없는 나를
내가 여전히 잔뜩
움켜쥐고 있다는 데, 있다

늦었다고 생각할 때가 가장 이른 때,
라는 말은 서글프다, 대체로는
이미 너무 늦었다는 말인가
너무 늦었다는 깨달음이야말로
가장 이른 깨달음이란 말인가
누군가 내 뒤를 졸졸 따라오며
여태 절을 하고 있다

이불

날 좋은 날이다
햇살이 한 채의 이불 같아서
아예 이불을 내다 말린다
햇살이 나를 서걱서걱 끌고 간다

그러니까 언제였던가
무작정 집 떠나고 싶던 적이 있었다
내가 이고 있는 지붕
그저 내려놓고만 싶었다
너무 무거워
밤마다 이불을 걷어차곤 했었다

그래 결국 떠났나?
기억은 햇살 아래
아지랑이처럼 가물거린다
그래 결국 떠났지!, 그러고는 어이없게도
평생 들어가 살 집 한 채
평생 덮을 이불 한 채

오래도록 찾아다녀야 했지

날 좋은 날 이불을 내다 말리면
이불 한 채가
집 한 채, 라는 것
이고 있는 지붕이 답답할 수도 있지만
따뜻한 이불은
원래 좀 무겁기도 하다는 것
햇살이 다독다독 속삭인다

역전 광장의 비둘기

역전 광장의 비둘기들이 난리다
한 아이가 새우깡을 던져주며 뛰어다니고 있다
비둘기들은 종종걸음으로 아이를 따라다니며
다투어 새우깡을 쪼아 먹는다
사람이 옆에 가도 피할 생각을 않는다
아이 엄마인 듯싶은 여자가 만삭의 배를 하고
구구구구 비둘기 소리를 내며 옆에서 웃는다
비둘기에 둘러싸인 아이는 평화롭고
곧 동생도 보게 될 것이다
모든 게 평화롭다 비둘기, 평화, 과연?

먹어도 먹어도 물리지 않는 새우깡
하지만 새우깡이 새우가 아니라 새우깡이라는 걸
비둘기들은 알고 먹는 걸까
먹어도 먹어도 물리지 않는다는 데
새우깡의 비밀이 있다
저 비둘기들은 역전 광장을 영영 떠나지 못할 것이다
평생 콘크리트 바닥이나 콕콕 쪼아댈 뿐

생좁쌀 같은 것은 아마 기억하지도 못할 것이다
그런 점에서는 역전 광장이나 새장 속이나
다를 바 없다, 모이 같지 않은 모이를
던져주는 대로 받아먹는, 그저 받아먹기만 하는

아이가 엄마 손에 이끌려 떠났는데도
비둘기들은 여전히 바닥을 콕콕 쪼아대고 있다
그때마다 광장이 텅텅 울린다
나는 아직 먼 기차 시간을 기다린다
이제는 없어진 비둘기호 열차 따위나 그리워하며

바람의 정거장

이 정거장에는 푯말과 이정표가 없고
레일은 방향을 가리키지 않는다
그저 바람의 뒤를 따를 뿐
뒤를 따랐던 흔적일 뿐이다

이 정거장에서 바람은 사방에서 팔방으로 분다
세상의 모든 방향에 눈길을 두면
결국 아무 데도 갈 곳이 없다는 말이기도 하지만
떠나든 도착하든 이 정거장은
영원인지 잠시인지 머문 바람의 다른 이름이다

이름이란, 일체의 수식을 무정차 통과시킨
앙금 아닌가, 문장과 구절과 행간과
행간의 여백마저, 여백의 침묵조차
스르르 모래알처럼 손가락 사이로 흘려보낸 뒤
겨우 남은 지시어나 구두점 같은 것
그나마 문지르면 깨끗이 지워질 거다

그러니 눈으로 보려 하지 말고

귀를 기울여라, 바람의 언어는 고요인가 소요인가

이 정거장은 지금

종착이자 시발이며 경유이기도 한데

다만 바람의 처분에 맡기려 대죄하고 있다

사랑니

사랑니가 왜 사랑니겠니

오래 앓던 사랑니도 뽑는 것은 순식간이다
물론 얼얼한 마취 때문에 통증은 한참 나중에 온다
언젠가 애인과 이별하고 돌아와
한숨 잘 잔 뒤
이윽고 깨어나서 오래 울던 기억
잘 잔 게 어이없어서 더 슬펐던 기억처럼
스르르 마취가 풀리면서 잇몸은 점차 욱신거린다
사랑을 끝내는 일이나 사랑니 뽑는 일이나
뭐가 뭔지 얼얼한 시간이 필요한 법이다

아직도 멀쩡할 것만 같은 사랑니의 그 자리에
나도 모르게 혀가 다가간다
허방처럼 푹 꺼진다 뒤늦게 허전해진다
움푹 팬 그 자리에 새살보다 먼저 가렵게 돋는 질문
하나
사랑니가 왜 사랑니겠니

이가 있던 자리에 나도 모르게 혀가 가 닿아
어라? 허방을 짚는 자리
아! 뒤늦게 허전해지는 자리, 사랑이
떠난 자리, 그래서 사랑니란다

빈자리를 혀끝이 가만가만 다독거린다

이름의 기원

뒤에서 누가 이름을 부른다
무심코 돌아보지만
나를 부른 게 맞나

아무리 불러 세워도
이름은 이름 부르는 순간
이미 과거의 형식

후회가 덕지덕지 앉은
박박 지우고 새로 고쳐 쓰고 싶은
과거는 흘러갔다, 과거는
흘러가서

아는 이름인 줄 알았어요
아는 이름이 없네요
이름의 과거는 곰곰 쌓이지

과거의 다른 이름은

곡절이지, 이름이 이름을 변명하지만
꾹꾹 눌러쓰는 연필심보다
이름이 먼저 부러질 것 같은

이름을 불러 만나고
이름을 걸고 약속하는 것
이름의 곡절은 깊기도 하지

이름은 이름 부르기 전까지만 유효한 것
이름은 이름을 걸어
배반의 덫을
피할 수 없는 기원으로 삼지

무릎

내가 내 무릎을 가만가만 어루만지는 마음이
시린 무릎보다 깊고 시리다
처음에 무릎의 통증은 비유가 아니었으나
점점 몸의 통증이 아니라
마음의 통증이라는 생각

원인은 놀라울 정도로 단순하다
나이 들며 체중은 불고 살은 처져
중력을 감당하지 못하는 무릎이란다
늘어지니까 편하고 편하니까 더 늘어진 것
순순히 무릎 꿇고 받아들인 세월을 통해

결과는 단순할 정도로 놀랍다
제 체중조차 못 견디는 무릎이 아프다
아픈 무릎이야 살살 달래가며
덜 굽히면 되고 덜 걸으면 되고 덜 뛰면 되고
보호대라도 착용하면 되겠지만

이 무릎의 통증은 처음의 통증이 아니라
마지막 통증이어야 한다는 통증일 것이다
더 이상은 순순히 무릎 꿇지 말라는
통증일 것이다, 이 통증마저 사라지면
천천히, 완전히, 마지막으로 무너지면서

그때는 무릎이 가만가만 나를 어루만질 것이다

봄날 저녁의 우주

봄날 저녁, 잠시 비 오고 황사 섞이고
문득 아파트 베란다가 들썩거린다
나가보니 한쪽 구석을 차지한 상추 모판에서
새 생명들이 지구를 뚫고 나온 거라
지구를 한번 들었다 내려놓고 나온 거라
겨드랑이마다 삐죽삐죽 솟아오른
간지러운 엽록소의 깃털을 푸드덕거리며
다들 마저 활개 치지 못해 안달이다

저 날개 다 자라면 철새처럼 날아오를까
겹주름의 치맛자락으로 세상의 밥을 싸안을까
이 저녁의 장엄 미사
전 우주의 오후 같은 오후로 깊어진다
한 땀 두 땀의 저 별빛이 우리 눈에 들기까지
몇 백 광년이 흘러간다고 한다
여태 지구에 도착하지 않은 별빛도
얼마나 더 있는지조차 알 수 없다고 한다

\>

인간은 여전히 그렇게 멀리 있는 거다
더러 숨아주어야 하는 것은
상추씨가 내민 몇 장의 날갯잎만이 아니다
모여 있으면 안 된다니까, 손을 내저으며
구름은 정작 제 앞에도 구름 제 뒤에도 구름을 달고
간다
그동안 세상은 또 더러워지고
간간 흙비도 섞일 것이다

다만 오늘 같은 연초록의 저녁
아파트 베란다에 마악 도착한 우주의 빛이
있기는 있는 거다

울음

새벽 두시인데 아니 세시인가
어디선가 희미하게 끈질긴 울음처럼
전화벨이 운다, 아무도 받지 않는다
벽을 타고 수도관을 타고 화장실의 통풍구를 타고
아파트 엘리베이터를 타고 벨소리만
끝없이 오르내린다

잠을 깬 나는 돌아누워보지만
벨소리는 끝내 돌아눕지 않을 작정인 듯
열두 번도 더 운다 잠시 끊겼다가는 다시 운다
누가 제발 좀 받아봐라 얘기라도 들어봐라
어떤 구구절절한 사연이 있을지도 모르고
어떻든 나는 다시 잠들고 싶다

한참을 울다 겨우 잦아드는 전화벨
그러나 그 뒤끝을 채며 이제는 냉장고가 운다
시곗바늘이 운다 보일러가 운다
유리창을 흔들며 바람이 엉엉 운다

울음은 전염병이다
한 아이가 우니까 다른 아이가 따라 우는 격이다
정말 어디선가 아이가 울기 시작한다

커다란 악기의 공명통처럼 온 아파트가
온 도시가 끈질긴 울음을 우는데
그 속에서도 악착같이 잠을 청하는 나
나란 놈이 싫어지는 밤이다

불 꺼진 창

마음에 불 꺼진 창이 있었다

나는 늘 밖에서 어둡게 서성거렸다
그리고 누군가
내 안에서 불 끄고 우는 사람이 있었다
우리는 한 번도 만난 적 없고
연애는 언제나 깜깜했으나
돌이켜보면 그래서 결국 환했다

나를 서성거리게 할
누군가를 내 안에 남겨둔다는 것
그것을 알기까지 오랜 세월이 흘렀을 뿐
그동안 아프게 늙었을 뿐
언제라도 만나고 싶어 간절했으나
막상 창을 열고 불을 켜면
텅 비어 있을 것만 같아 두려웠다

불 꺼진 창이 켜놓은 연애가 환하려면

불 꺼진 창을 불 꺼진 창으로 남겨둘 것
밖에서 오래오래 서성거릴 것
열지 말 것

마음에 불 꺼진 창이 있었다

관계

나무와 나무의 거리에 대해 생각한다
운동장에서 아이들이 좌우로 앞뒤로 팔 벌려 선
줄과 열의 간격을 생각한다, 삐뚤삐뚤
아무렇게나 제멋대로인 것 같지만
서로 닿을 듯 닿지 않을 만큼만 떨어진 거리
나무들은 결국 숲을 이루고
아이들은 용케 율동을 맞춘다
느슨한 듯 팽팽한 듯
그 거리만큼의 관계가 나는 미로처럼 어렵다

모든 미로에는 결국 출구가 있다, 는데
내가 두드리다 지쳐 돌아선
문의 뒤편에서 걸쇠는 거듭 잠긴다
방은 내내 어둡고
기차는 우주 끝까지 기적을 풀고
구름은 뒤척이고 바람벽과 구들장은 떨고
여전히 별 한 점 뜰 때마다 뼈마디가 쑤시고
꽃 한 송이 필 때마다 숨이 가쁘다

언제나 나는 혼자 불꽃이니
혼자 타들어갈밖에

우주비행사가 부러운 이유가 있다
지구 바깥에서 지구를 바라볼 수 있다는 것
그 정도의 거리를 두면
그때 비로소 내가 나에게 느슨해질 것 같다
혹은 팽팽해질 것 같기도 하다
뭇별들은 아무렇지도 않게 팔 벌려
결국 밀어내고 끌어당기는 힘의 균형으로
느슨한 듯 팽팽한 듯 떠 있다
그런 관계는 어디까지나 천상에 속한 것인가

문풍지에 드는 햇살처럼
그저 조금조금 스미는
어둑어둑 번지는

국물

새벽 해장국집에서 혼자 국물 맛을 보다가
돌연 사무치는, 너 이제 국물도 없다, 는 말
영문도 모른 채 너는
우선 도리질부터 하겠지만
아니다 아니다 이런 게 아니다 하면서도
용케도 아닌 것만 골라 디뎠구나
왈칵 쏟아지는 눈물이란 이런 때 참 주책도 없지

너는 결국 너와의 불화를 접고
너 자신을 타이르려 할지 모른다
언제 그랬냐는 듯 어깨도 두드려주며
다 잘 될 거야, 무턱대고 낙관적일 수도 있다
그렇게 국물 앞에서 해찰하는 너를
누군가 지켜보기라도 한다면
물론 혀를 찰 거다, 저렇게 혼자 중얼거리는 걸 보면

그러거나 말거나 국물도 없는 나이의 투정답게
어쩌면 너는 요즘 애들 흉을 보기도 하겠지

늬들이 국물 맛을 알아?

국물 맛이란 사실 국물도 없을 때쯤 되어야

아는 맛 아닌가, 바로 이 맛이야

그때쯤 꾸역꾸역 찾게 되는 제맛 아닌가

왈칵 쏟아지는 눈물이란 이런 때 참 적절도 하지

어느새 다 식은 국물이

그렁그렁 목구멍을 넘어가는 새벽이다

금 위에서 서성거리다

어릴 적 여자애들의 줄넘기놀이
줄을 밟았다 넘었다 하는 현란한 발놀림이
나는 늘 어지러웠다
이 금 넘어오지 마, 초등학교 책상 위에
연필 깎는 칼로 그어놓은 금은 또 어땠을까
나는 넘고 싶은 생각도 없었지만
금 이쪽도 저쪽도 마음에 안 들었다
다만 날카롭게 파인 금이 아파 보였다
아빠가 좋아? 엄마가 좋아?
선택의 강요는 언제나 내게 숨 가빴다
나는 금 위에서 머물고팠다
이쪽과 저쪽, 왼쪽과 오른쪽 사이에서
돌멩이와 최루탄 사이에서
촛불과 물대포 사이에서, 조차
나는 금 위에서 아슬아슬하고 싶었다
그래서 제일 많이 얻어맞았다
양쪽에서 욕설이 난무했고
회색은 색이 아니란다, 일단 선을 죽 긋고

이쪽이든 저쪽이든 넘어야 한단다
노선은 분명해야 하고
탈선이란 선을 벗어나는 것이다
내 분명한 노선은 탈선이 아니다
금의 본색은 아슬아슬하다는 데 있다
금은 왜 밟으면 안 되는가
금은 꼭 넘어야 하는가
금 위에서 오래 서성거리다

거울 TV

이윽고 TV가 꺼진다
어쩌면 진작부터 꺼져 있었는지 모른다
검은 TV 화면 속에 펼쳐지는
모노드라마
소파 위의 남자는 구겨져 있다
거실 구석에 처박힌
벤자민 잎사귀 한 장이 문득 어깨를 친다
조금 전에 쾅 소리를 내며 닫힌 안방문의 파장이다
식은 풀빵처럼 오그라든 남자의 체위는 익숙하다
어디선가 희미하게 물 내리는 소리
배설의 방식은 가지가지다
욕설이든 울음이든 불확실한 효과음에 섞여
화면은 지루하고
밤이 깊고 침묵도 길다
요란한 침묵을 견딜 수 없다면
다시 TV라도 켤 일이다
TV가 켜지면 물론 드라마도 끝날 테지만
어쩌면 거울 TV

진작부터 켜져 있었는지 모른다

저 헛것의 심연만이 현실인지 모른다

표정

저 돼지머리가 웃고 있다고 생각하지 말자
고삿상 위에서 그가 짓고 있는 표정을
인간의 미소로 잴 일 아니다
지폐 몇 장 입에 물렸다고 만족할 그도 아니다
그렇게 보는 것은 그의 굴욕을 부채질할 뿐이다

누군가 멱을 따고
동강 난 머리통을 푹푹 삶아내는 동안
그 역시 한숨을 푹푹 내쉬었을 것이다
그렇잖아도 큰 콧구멍이 그래서 더 벌름거렸을 것이다
누군들 고삿고기로 마감하는 생이고 싶었겠는가
이제 꿀꿀거리지도 꽥꽥거리지도 않지만

그가 고요와 안식을 얻었다고 할 수는 없다
잠시 깊은 시름에 잠긴 것일 것이다
어떤 표정을 지어야 할 것인가
그의 참담함은 이래저래 깊다
그러거나 말거나 사람들은 다들 킥킥거리며

심지어 콧구멍을 들쑤시기도 한다

저런 돼지만도 못한……
욕을 하다 말고 돼지머리는 거의 죽고 싶다
하지만 사실 그는 이미 죽었고
거기다가 그의 표정은 삼겹이나 되는 깊은 곳에 있다
그래서 도무지 속내를 알 수 없다는 것이
그나마 다행이라면 다행이다
혹시 그가 울상이라도 지었다면 더 웃겼을까

물웅덩이

바닷가 모래밭에 물웅덩이가 남아 있었습니다
그 풍경이 참 골똘해서 멀찌감치 돌아가고 싶었습니
다만
물웅덩이는 문득 생각났다는 듯
제 가장자리 한쪽을 허물어뜨렸습니다
모래알들이 스르르 물웅덩이 속으로 꺼져들었습니다
땅이 꺼지는 한숨이란 저런 것이구나 싶었습니다

또 한참 지나 물웅덩이는 제 다른 한쪽을
고요한 연기처럼 다시 허물어뜨렸습니다
물웅덩이는 그게 저 자신을 넓히는 줄 알지만
그래서 마침내 먼 바다 어디론가 흘러가고도 싶겠지만
스스로 허물어뜨리는 모래알들에
제 골똘한 깊이가 메워지는 것도 아는 걸까요

그대를 향한 마음이 나에게도
바닷가 모래밭의 물웅덩이처럼 고여 있습니다
나도 땅이 꺼지는 한숨으로

내 가장자리 한쪽을 허물어 그대를 넘보고 싶은지 모
릅니다
하지만 그대를 향한 마음이 스스로를 깎아
참으로 허무하게 허물어지면서
웅숭깊던 속내 역시 차츰 메워질 것도 압니다

어쩌면 그대를 향한 마음이란
이렇게 저를 허물어 또 저를 메우는 것일 겁니다
이렇게 고여 있는 마음으로만 그대에게 흘러가는 것
일 겁니다

立夏

이팝나무 꽃 피면 여름이 온 줄 알아라
설마 이팝나무 꽃을 보고 배고픈 시절을
떠올리지는 말자 고픔에도 예의가 있다
배고픔이 성스러운 시절이 있었다
그저 이렇게만 말해도 될 것 같다
이팝나무 꽃 피면 마음 고픈 줄 알아라

새로 도로가 나고 가로수들이 심어지고
그때 무심히 지나쳤던 어린 나무들이
오늘 한꺼번에 꽃을 피워 제 명함을 들이민다
저요 저요, 고른 잇속을 하얗게 드러내며
이팝나무를 입하나무로 알린다

계절이 귀신이다 아니 그 반댄가
귀신이 계절이다
겨울 내내 창백한 얼굴을 불쑥불쑥 방 안에
길게 들이밀어 당황시키던 햇살도
이제는 쨍쨍한 밖에서 들어올 생각조차 않는다

노숙할 만큼 날이 풀렸다는 것이냐

문득 나도 집으로 가는 길을 놓치고 싶다
시절 다 갔는데
아직도 간간 마음의 눈곱
발등 찍겠다, 언제 다 뗄래?
저기 오늘밤도 잠들지 못할 주유소가
까칠한 불빛을 깜박깜박 쓰다듬는다

이팝나무 꽃 피면
꽃그늘 아래 가출한 줄 알아라

아우라

찻잎이 가만가만 몸을 푸는 저녁이다
백토로 구워냈을 찻주전자는
무수한 실금이 나 있다
찻잎의 잎맥인 듯 실핏줄인 듯
파르르 물들어 있다

나는 찻주전자의 내력을 더듬는다
찻물이 실금의 길을 낸 것인지
실금의 길이 찻물을 끌어당긴 것인지
이윽고 차를 따라주며
주인이 한마디, 일종의 아우라지요, 한다

그러니까 이 찻주전자는
실금을 따라 천천히 다시 흙으로 돌아가는 중이다
찻주전자의 아우라란
말하자면 흙으로 돌아가는 중에 잠시 어리는
빛살 같은 것

＞

나는 차를 우려내는 주인의 예법에도
새삼 기댄다, 아우라를 아는 사람은
아우라를 지닌 사람이다

환승역

지하철 환승역, 갈아타는 것은 근사한 일이다
기차든 비행기든 직장이든 혹은 여자든
갈아타는 것만큼 가슴 뛰는 일은 없다
환승역에는 어디나 미로가 있고 종말론이 있고 복권
이 있다
삶은 문득 놓친 실끝 같은 거니까
삶은 언제나 끝장내고 싶은 거니까
삶은 늘 가려운 거니까
환승역에는 어디나 미로가 있고 종말론이 있고 복권
이 있어서
사람들은 더러 이쪽저쪽 헤매기도 하고
열차에 뛰어들어 공중들리기도 하고
미래를 열심히 긁어대기도 한다
사람들은 날마다 환승역에 복작복작 모여들지만
세상을 갈아탈 수 있는 것은 아니다

능소화

붉은 벽돌 담장 아래 소녀는 서 있었다

능소화, 제 이름으로 제 허리를 비트는
능소화, 제 이름으로 제 뺨을 문대는
능소화, 제 이름으로 제 입술을 벌리는

이담에 능소화 피어 있는 집에 시집가리
그 소녀는 과연 그리 되었을까
잉걸의 마음은 아직도 뜨거울까
이제 이름도 나이도 잊었지만
능소화 피어 있는 집에 시집갈 생각으로 달뜬
얼굴만은 내내 기억나는 그 소녀가

지금 붉은 벽돌 담장 아래 숨 가쁜 여름밤이다

3부 이 골목의 너무 많은 모퉁이

장독

때 절은 치맛단을 질질 끌며
기어이 친정으로 돌아온 여자가 있었다
장독은 배꼽 아래 단전으로 숨을 모두었다
나무가 제 잎사귀를 통해 숨 쉬듯이
장독의 호흡은 장독 속에서 익어갔다
퍼질러 앉은 엉덩이는 노상 대책이 없었다
밭을 매다 말고 애라도 쑤욱 낳을 것 같았다
해와 달의 정기를 받아야 장맛이 좋다고
뚜껑을 열었다 덮었다 하는 동안
처음 흙 속에 불이 있었는지
불 속에 흙이 있었는지
장독은 탱글탱글 부풀어 아랫목인 양 뜨거웠다
통곡과 고요가 함께하는 것
비손의 물대접은 언제나 장독에 얹어지는 법이다
그렇게 병 깊은 어느 봄날
문득 몸 풀고 앉아 꺼이꺼이 울고 난 뒤
물코 한번 훔치고 추슬러 일어나
장독을 깨부수고 다시 집을 떠난 여자가 있었다

조립식 비닐옷장

아파트 잔디밭에 조립식 비닐옷장이 나와 있다
말리려고 내놓은 것인지 버린 것인지
다소 애매하게 오후의 가을볕을 쬐고 있다
하필이면 바로 옆이 쓰레기장이고
조립식 비닐옷장의 지퍼는 반쯤 내려와
드러난 속은 자못 민망하다
쓰레기를 버리려고 나온 주민들이
이건 종이 이건 음식물 이건 유리병
그런데 이건 어디에 버려야 하지?
재활용 분리수거가 망설여지는 물건을 들 때마다
비닐옷장에도 힐끔힐끔 눈길을 준다
버린 거야 내놓은 거야 한마디씩 중얼거리며
대놓고 속을 들여다보기도 한다
수저 두 벌, 밥그릇 두 벌, 담요 두 장
그리고 비닐옷장만 달랑 하나였던
단칸방 신혼살림이라도 기대하는 걸까
관음증 같은 호기심을 반짝거리지만
조립식 비닐옷장의 내력은 조립되지 않는다

다만 가을볕은 돌아보기에 좋은 시간

지퍼를 잔뜩 올리고 웅크렸던 시절도

지퍼를 주욱 내리고 자 덤벼! 맞섰던 세상도

분리수거한 지 오래인 지금

조립식 비닐옷장은 지퍼의 긴장을 반쯤 풀고

찢긴 상처나 얼룩쯤이야 스카치테이프로 견뎌낸

힘센 가족사와 살림을 전시하고 있다

가을볕이 늘어지게 하품을 해도

아파트 잔디밭에 하루 종일 서서 버티는

기세당당이 아직은 있는 거다

조립식 비닐옷장의 재활용이란 이런 데 있는 거다

팽나무 가족사

팽나무 그늘 아래 빨랫줄이 건너가 있다
가지 많은 나무답게 팽나무는
제 눈길 향한 자리마다 잎새를 드리워 무성하다
가지 많은 나무에 바람 잘 날 없다지만
어느 가족사를 따라가든 바람은 결국 자게 마련이다
팽나무 그늘 아래 빨래의 슬하에도
바람이 불다 말다 다시 불다 겨우 잦아들었을 것이다

빨래들은 모두 제각각이면서
자세히 보면 또 서로 닮아 있다
가족이란 그런 것이다
무릎이 튀어나온 바지는 어제도 안간힘으로 기어 다
녔기 때문이고
목이 축 늘어진 셔츠는 일 터질 때마다 고개 떨궜기
때문이다
삶아도 누런 속옷은 식은땀 문질러댄 살갗 탓이다

늘 엇갈렸으나 거기가 거기였다며

결국은 나란한 양말짝들
더러는 종종걸음으로
깨금발 너머의 세상을 따라가고도 싶었으리라
그늘 사이 촘촘한 햇살이었던가
햇살 틈틈 무성한 그늘이었던가
빨래들은 지금 자글자글한 생각에 잠긴 듯하다

팽나무 열매는 아직 떫어서 더 기다려야 한다
그때까지 팽나무 그늘 아래
젖은 빨래는 젖어서 더 무거운 제 무게를 견뎌야 한다
팽나무 그늘 아래 빨래는 더디 마르겠지만
흠뻑 젖어야 결국은 팽팽하게 마른다고
팽나무 가지들도 빨랫줄을 팽팽하게 당기고 있을 것
이다

텃밭

아파트 입주자회의에서 한 뼘씩 내어준 텃밭에
주민들이 고구마 옥수수 가지 토란 콩 등속을 심었다
이랑을 돋우고 비닐도 씌워주고 시든 잎은 솎아내고
고추와 오이는 지지대도 세워주고
주말마다 텃밭을 일궈 아이들 교육이나 삼자며
다들 소란스럽게 행복했는데

장맛비 몇 번에 텃밭은 그만 홀랑 물웅덩이로 변했다
배수가 안 된 황톳물이 벌겋게 출렁대자
고추와 가지 등은 벌써 썩어가기 시작했다
잠깐의 주말농장에 대한 낙담이 심했는지
누구 하나 나와서 돌보는 사람이 없었다
겨우 한 뼘씩의 땅에 무슨 미련이 있겠는가마는
둘러보면 안쓰러웠다

그런데 물에 잠긴 텃밭이 다시 소란스러워졌다
흙탕의 수면 위에서 이리 뛰고 저리 뛰며
발을 동동 구르는 소금쟁이들이 가장 먼저였다

이어서 어느 틈에 떼로 모여든 올챙이와 송사리들
그리고 뭘 잡아보겠다는 건지 페트병을 들고 나온 아
이들
장마 다 끝났다는 듯, 고인 물 위로
파란 하늘과 양떼구름까지 모여드는 것이었다

그렇게 대책회의처럼 모두 모여 한근심해주자
텃밭은 불끈 새 힘을 얻었는지
이윽고 옥수수와 토란부터 일으켜 세우기 시작했다
물론 흙탕물에 옷 버린다고 야단치며
어른들은 아이들을 집으로 거두어가기 바빴다
아파트 주민들이 다시 행복해지기까지
텃밭에 어른들이 제일 늦었다

깊이 기피

갈 봄 없이 계절 바뀐다
봄이 언제였더라, 요즘엔 계절만 바뀐다
짐작건대 올 가을도 깊지 않으리
무슨 예언처럼 땀이 맺힌다
이래도 되나 싶은 게 한두 가지가
아닌 세상이 된 지 이미 오래라지만
계절조차 깊이 없이 텀벙텀벙 건너간다는 것
그저 무작정 춥거나 뜨거우리라는 것
일기 예보는 점점 단순 명쾌해지고
정말 이래도 되나?
거리는 한순간의 수줍음도 망설임도 없이
다들 훌훌 벗어던지고 한 줄 건너 두 줄 건너
갈 봄 없이 계절만 바뀐다
내내 염천이거나 영원히 빙설이거나
저질러놓고 보자는 듯
깊이를 기피하는 건 날씨만이 아닐 것이다
봄날 간다, 는 말
가을이 깊다, 는 말

말들의 화석만

중세의 깊이까지 깊어질지 모른다

지난봄엔 대체 뭘 했더라

두어 군데 부의 봉투를 여몄던 것 같기는 하다

영원의 그늘

오후의 그늘 아래 당신이 앉고
당신의 그늘에 기대 나는 누웠지

물 고인 돌확에 부레옥잠 떠다니듯
그늘에 그늘이 깊어 잠들기 좋았으나
그보다는 나는
영원, 이라는 것에 대해 생각하고 싶었는데

자리 바꿔 앉기 놀이나 하자는 듯
그늘은 심심해서
시샘해서
조금씩 자리를 바꿔 앉네

나뭇잎 한 장이 눈을 가리고
바람인지 햇살인지
영원이란, 영원히 순간이지
술래마냥 속삭이네

>

오후의 그늘은 문득 늙고
당신의 그늘은 자취가 없네
물 고인 돌확에 부레옥잠 떠다니듯
나는 일어나 빙빙 도네

누울 자리가 없네
앉을 자리조차 없네

이사

퇴근길인데 이삿짐 트럭이 앞서 지나갔다
거리에서 만나는 장롱과 누비이불은
문득 마음 시리고 결국 짠한 법이다
다 저녁때의 이사는 더욱 그렇다
저 식솔은 어느 낯선 동사무소에 전입신고를 하고
신고한 김에 등본도 한 장 떼어볼 것인가
그러면 새 동네의 주민이 되는 것인가
반상회에도 갈 수 있고 마을버스도 타게 되는가
머리에 띠 두르고 우리 동네에 쓰레기 소각장
결사반대를 외치기도 할 것인가
새로 엉덩이 비빌 데를 마련하는 일이
필사적인 듯 서글퍼 보였다
일생을 떠돌아도 영영 이방인일 것 같은
가장 불확실한 신원보증 같았다
그렇게 몇 번 옷가지와 그릇들을 쌌다가 푸는 동안
주인 몰래 벽에 못 박는 일 하나도 수행이라 여기는
동안
한때의 갈증과 열망, 모서리란 모서리는 죄다 부대껴

이 빠진 살림은 둥글게 닳았을 것이다

트럭은 어느 사거리에선가 제 길을 갔지만

오래도록 자갈 구르는 소리가 귀에 머물렀다

파도 몰아치는 소리 같기도 했다

함부로 건너지 못할 강을 건너듯 날은 이미 저물었다

거친 파도와 둥근 자갈의 세월을 넘어

집 없는 새들이 춥게 날아갔다

방울토마토 기르기

화분에 방울토마토를 기른다
화분에 기르는 방울토마토는 식용이 아니다
그거야 마트에 가면 상자째 살 수 있다
차라리 방울이 딸랑 울리기를 기대하는 마음이다
볕도 좋아야 하고 물도 자주 줘야 하지만
곁가지도 따주고 꽃도 솎아내란다

하지만 저 가엾은 연초록을 어떻게 잘라낼까
나는 시인이므로 시인답게 머뭇거린다
전문가는 혀를 차거나 입을 삐쭉거리는 대신
지지대를 고쳐 세우며 가르쳐준다
시인의 마음으로 기르는 식물은 되는 게 없지요
한 잎도 한 가지도 솎아내지 못해 벌벌 떨면
결국 꽃도 열매도 번식도 죄다 부실해져요

그는 모질게 곁눈을 따낸다
나는 모질지 못해 다시 연민을 꿍얼거린다
자연은 그냥 둬도 즈이들끼리 잘만 어울리던데요

전문가는 또 심드렁하게 나를 때린다
사람의 손 바깥에서야 자연 아닌 게 있나요
품안에 거둔 만큼은 손길 가는 게
최소한의 예의지요

아직 여물지도 않은 방울토마토의 방울들이
요란하게 내 머리를 울린다, 진짜 모진 것은 무엇일까

얼음 연못

얼어붙은 연못에 돌을 던진다
못 먹는 감 찔러나 보는 격이다
돌은 팽팽하게 튕겨 미끄러진다
그래도 미심쩍어 반 발 내딛어본다
다음엔 몸무게를 싣지 않은 한 발
반쯤 실어 한 걸음, 두 걸음
이윽고 느린 화면처럼 연못 위에 올라선다

나보다 얼음이 더 조심한다
아니 더 소심하다, 는 생각이다
이 작은 연못의 조심 소심한 깊이를
나는 모르지만, 정말 알 수 없는 것은
한순간 와장창 깨졌으면 하는 마음과
그러지 말았으면 하는 마음이
서로 길항한다는 데 있다

그 길항의 무게 때문일까
디뎌 선 자리에 문득 단호하게

쩌엉, 금이 지나간다
저편 가장자리까지 건너갈 기세였지만
겨우 멈춰 건너가지 않는다
한 발짝이라도 더 움직이면 이 금은
금으로 끝나지 않을 것이다

금이 나를 포위한다
경계는 조마조마하고 날카롭다
처음 이 연못에 돌을 던졌을 때 생겼을
물의 흉터, 나는 벌벌 벌서고 있다

이 골목의 너무 많은 모퉁이 1

모퉁이를 돌았으나 여전히 골목인 골목에
한때 이 골목의 존재 증명이 있었다
어쩌면 바로 이 모퉁이만 돌아서면
사통팔달의 신작로를 만났을 수도 있던 직전에
고개 흔들며 돌아섰던 것인지도 모르지만
가령 자주정신이 강해 자주 집을 뛰쳐나왔던 아이도
이 골목의 너무 많은 모퉁이에 지치곤 했었다
말하자면 이 골목의 너무 많은 모퉁이는
가출의 정점이자 한계였다

어느 날 이 골목의 너무 많은 모퉁이를 돌아
사람들이 우르르 몰려들었다
철거통지서와 입주권과 어깨들이
이 골목의 너무 많은 모퉁이마다 건들거렸다
역세권 개발이라고 골목을 열자
골목은 홀연 사라졌다, 골목이 사라지자
이 골목의 너무 많은 모퉁이도 문득 사라졌다
시계포도 전당포도 염색소도 이발소도

부부싸움도 악다구니도 그릇 깨지는 소리도
신흥종교처럼 한바탕 몰아쳤다가 사라졌다

골목은 막상 갈 곳이 없어서
마지막으로 모퉁이를 돌면서 오래 머뭇거렸는지 모
른다
갈 곳 없어지면 결국 불량해지는 법이지
이 골목의 너무 많은 모퉁이마다
주름이 깊어졌는지 모른다, 주름을 당겼다 놓으며
모퉁이를 돌아나간 아코디언풍의 바람을 기억하는지
빈집과 불 꺼진 방을 감춘 골목은
세상에서 가장 깊은 표정을 지었겠지
골목에서의 소변은 어째서 금지되는가
모퉁이를 돌면 왜 늘 막다른가
밑도 끝도 없는 질문을 기억하는지

이윽고 이 골목의 뼈마디를 뚝뚝 분지르며
너무 많은 모퉁이쯤이야 대각선으로 가로질러
불쑥, 포클레인이 나타났을 것이다

이 골목의 너무 많은 모퉁이 2

이 골목의 너무 많은 모퉁이는
복면을 쓴 자객들 같았다 불쑥 튀어나와
포경을 권하거나 수술 않고 먹는
중절 약을 들이밀곤 했지
비유하자면 이 골목의 너무 많은 모퉁이는
입에서 항문까지의 구절양장이나
연탄불에 뒤엉킨 오징어 다리가 자연스러웠다
이 골목의 너무 많은 모퉁이를 돌 때마다
자주 발이 삐었지, 마음보다
몸이 먼저 빠져나가고 싶었던 거지

담벼락의 낙서는 어떻게 비애를 결집하는가
오징어 빨판은 힘이 세다, 과연!
상처 깊을수록 더 깊숙이 웅크렸던 사람들
물정 모르고 몇 마디 건넬라치면
즉각 되받아칠 자세, 먹물이라도 뿜을 표정
이불 뒤집어쓰고 라디오를 듣거나
한밤의 음악엽서를 방송국에 보내기도 했겠지만

불 꺼진 외등 아래 발로 쓸어대던 기억, 옛일이다
가난했으나 인정 넘쳤다던 수사, 옛말이다
회고담은 늘 제풀에 겨워 퉁퉁 붓는 법이다
그나마 낙서의 힘으로 여태 버텼던 거다

골목의 형식은
언제나 지칠 때쯤 아예 막다르다는 것
그래도 이 골목의 너무 많은 모퉁이를 빗대어
이렇게는 말하지 말자
인생 뭐 있어? 돌고 도는 거지
먼저 나서서 종 치지는 말자
너스레를 떠는 삼류가 되지는 말자
멀리서 타워크레인이 빌딩의 먹살을 잡아채
아령처럼 들었다 놓았다 시위하며
이 골목까지 진군해 오더라도 말이다

꿈

너를 떠올리면 늘 본전 생각부터 난다
너는 언제나 원조교제였다
그러니까 청춘의 비릿함과 중년의 비루함이 만나
서로를 어루만져주는 것
문제는 원조물자가 각자 다르다는 데 있다
다르니까 자꾸 더하고 빼고 본전 생각하는 거다
나도 한때 젊었고 너도 언젠가 늙어봐라
이렇게 생각하기 시작하면 끝장은 더 빨리 찾아온다
하기는 젊음이나 늙음이나
하나의 받침으로는 견딜 수 없는 게 있기는 있나 보다
받침 하나로는 감당하지 못할 두 시절을
리을 미음과 리을 기역의 든든한 겹받침이 증거한다
물론 언제나 배신당하지만……
바로 말하자, 아무도 배신한 적 없다
우리는 오직 망각에 의해서만 배신당한 것이다
그동안 괴롭지 않았다면 어떻게 꿈꿀 수 있었겠는가
그러니 꿈꾸기 위해 괴로우라고

누가 또 속삭인다

악마가 따로 있는 게 아니다

• 가스통 바슐라르, 『공간의 시학』

제5원소

치과에서 마취를 하고 이를 뺀다
이 나이에 사랑니라니 그것도 생니를 빼야 한다니
겁도 나고 괜히 부끄럽기도 하고
한마디로 잠깐 쪽팔렸으나
생이란 원래 태어난 뒤부터 주욱 쪽팔리는 것
의사는 단호한 철학을 마취주사에 섞는다
물과 불과 흙과 공기의 시간을 지나
즐겁게 춤을 추다가 그대로 멈춰라!
그대로 멈춘 입 주위가 얼얼하게 아가미처럼 잡힌다
도마 위에서 팔딱, 팔딱, 회칼을 받는 물고기가
이윽고 체념하듯이, 사랑니는 뽑혀 나온다
영화 제5원소에서 인류를 구원할 제5원소는 사랑이
란다
이 마법의 돌을 찾아 나도 생을 헤매었구나
쪽팔릴 때마다 보호색이 많은 척했으나
덧칠과 덧칠이 거듭되는 동안
갈라지고 터진 거북등짝 같은 통증만 깊게 새겼구나
결국은 허언이거나 필경은 사기였던

연금술에 매달려 춤추었구나

의사가 기념하라며 건네준 사랑니를 유품처럼 챙기고

대신 틀어막은 약솜을 오래 우물거린다

병원 밖 이팝나무 가로수 길은 꽃밥들이 한창이다

어릴 적 어머니가 잘게 깨물어준 밥알들

후우후우 식혀준 밥알들

붉은 잇몸에 마악 새로 돋은 이 모양의 밥알들

이팝나무 꽃밥들이 환하게 웃는다

나는 배고픈지 배부른지 모를 심사로 우두커니 선 채
가늠해본다

이 사랑니를 어느 지붕 위에 던질까

물고기 화석

자, 여기
돌 속으로 들어가
세상을 등졌던 물고기가 있다
강호에서 물러난 물고기
출사하지 않은 물고기
전설이 된 물고기

이 물고기의 전생은
알려진 바 없지만
퀭하니 부릅뜬 눈과 앙다문 입술
뼈마디를 온통 드러낸
깡마른 사유
이 물고기의 현생은
짐작되는 바 없지 않다

돌 속을 헤엄치는 동안
유유자적했을까
아무리 아가미라도

숨 가빴을까
모든 환속에는 이유가 있는데
이 물고기는 너무 과묵하다
내성적이다

잠깐, 비늘이 반짝
지느러미가 움찔
사람들은 기다리고
기대하고
웅성거리지만
물고기는 답이 없다

모든 침묵이
다 금인 것은 아니지만
모든 연금술이
다 사기라고 하기도 어렵다
값은 점점 올라간다

돌절구

시골 민박집 뒤란에서
팽개쳐진 돌절구를 본다
공이는 이미 간데없고
돌절구는 땅바닥에 반쯤 파묻혀
잔뜩 이끼까지 껴입고 있다
한때 잘록했을 허리는 밋밋하고
엉덩이 들이밀어 퍼질러 앉은 자세가
어딘지 익숙하다
누가 눌러 박은 게 아니라
제 무게로 조금씩 깊어진 것 같다
스스로 아예 갈 곳 없게 지질러
날 잡아 잡수, 다수굿이 대죄하고 있다
세상의 모난 것들을 빻고 갈고 하는 동안
제 안의 뿔난 것들도 다 빻고 갈았나
화낼 줄도 울 줄도 떠날 줄도 모르는
저 무념무상인지 무대책인지
단순무식인지의 처세가
슬픈 듯 부럽다

넘어져도 절구 뒤집어도 절구
이끼가 껴도 절구는 절구
비라도 내리면 하늘까지 담아낼 듯
돌절구는 모래시계를 닮았다
언젠가는 스스로도 모래알로 흘러내리며
시간의 풍화를 묵묵히 헤아릴 것이다
나도 딱히 갈 곳 없고 싶어
잠시 머문 민박집 구들이 따뜻하다

聖 일요일

오늘은 일요일이니까 빨래는 밀려도 뭐 투덜거리지
못한다 오늘은 일요일이니까 반바지를 헐렁거리며 슈
퍼에 다녀와도 되고 슬리퍼를 질질 끌어도 된다 하루를
몽땅 헐렁헐렁 질질 끌고 싶다는 생각이나 길게 늘어뜨
리며 늦도록 뒹굴어도 된다 오늘은 일요일이니까

일요일은 모든 게 용서되고 일요일은 모든 걸 담아낸
다 일요일의 교회당은 내 주를 가까이 하려 새벽부터
종을 울리고 일요일의 조기축구회는 점심때까지 공을
차고 일요일의 짜장면은 불어터지고 피자는 식었지만,
오늘은 일요일이니까 중국집과 피자집은 능청을 떤다

오늘은 일요일이니까 들로 산으로 돗자리는 펼쳐지고
오늘은 일요일이니까 사람들은 김밥 속에 둘둘 말리고
오늘은 일요일이니까 훈제 오리와 토종닭 백숙을 기다
려 우르르 몰려나온 이쑤시개는 마구 분질러지고 오늘
은 일요일이니까 모든 게 용서되고 모든 걸 담아내는

북새통의 구겨지고 접혀진 하루 위로 한숨을 푹푹 내
쉬며 다리미가 지나간다 오늘은 일요일이니까 아무 일
도 없었던 거다 이제 내일부터는 다들 침묵하는 거다 모

두 합죽이가 되는 거다 처음처럼 반듯하고 말짱하게 펴
지는 거다 다리미는 다음 일주일을 뜨겁게 다독거린다

쑥밭에서

쑥밭은 아직도 쑥밭일까
문득 등 떠밀리듯 너를 생각했어
밀물처럼 거리의 등불이 다 켜질 때까지
너를 생각했어, 우리 술 마시면서
막판에는 언제나 쑥밭이었으므로
오늘은 초장부터 쑥밭이자며
너를 생각했어
모두의 애인이었던 너
그래서 모두의 증오였던 너
결론적으로 모두의 안주였던 너
모두를 깜박깜박 불 켜지게 하고
정작 너는 켜지지 않았어
생각하면 너는 생각하는 동안만 너였으므로
쑥밭의 고요 속으로
아까 지나간 바람이 바다를 건너
물먹은 바람으로 다시 불어올 때까지
너는 켜지지 않았어
썰물처럼 거리의 등불이 다 꺼질 때까지

너는 끝내 꺼지지도 않았어

기다리면 너는 기다리는 동안만 너였으므로

쑥밭은 과연 지금도 쑥밭일까

자신할 수 없는 마음들은

쓸쓸히 막차를 탔어

벽

마침내 블로그는 폐쇄되었다
카페는 여전히 공사 중이고
그동안 다녀간 이웃들은 안녕 무탈할까
사람들은 결국 안에 있거나
밖에 있다, 문제는 안이나 밖이 아니라
당연히 벽에 있다
누군가 점자를 짚듯 잠시 클릭 클릭
두드리다 돌아갔다 아마 그랬으리라
그럴 때마다 가슴 근처에
악성 댓글처럼 금이 갔다
하지만 닫힌 블로그의 금 간 틈새로
풀잎이 솟을지, 채송화와 맨드라미가 피어나
공사 중, 팻말을 툭툭 건드릴지
찬 이마를 새벽의 화면에 대고
물어보고 싶다, OFF OFF
기침하듯 덜컹거리는 창틀에
또 누군가 꽃잎처럼 씨앗처럼 매달려 있다
문 닫고 우는 나와 닮았다

틈

그래요 옷깃만 스쳤던 거예요
이 난데없는 격렬함은 말하자면
일종의 나비 효과 같은 것이겠지요
나비 한 마리의 팔랑거림이
태풍이 될 수도 있다지요
그 역도 성립하겠지요
곧 가라앉을 평지풍파 앞에서
나는 수선을 피운 적도
빈틈을 내보인 적도 없는데
어느 새 내 속에, 당신 참 날렵하군요
틈새 공략이 성공했다고요
하지만 그대는 다만 무례하게 비집고 들어온
잠시의 파문일 뿐
그래요 우리는 옷깃만 스쳤던 거랍니다

덩어리

저 덩어리를 뭐라 규정할 것인가
덩어리는 크게 뭉쳐서 이루어진 것을 가리키는 말이
지만
그건 사전적인 뜻일 뿐이다
덩어리 속에는, 그러니까 덩어리라는 말 속에는
감추어진 비애 같은 게 꿈틀거린다
비애는 감추어져 있을 때 극한을 이룩한다
저 덩어리 속에 감추어진 비애의 극한은
그러나 두루뭉술하다
덩어리는 정형이면서 또한 비정형인 대상을 가리킨다
그러니 두루뭉술할 수밖에 없다
실체를 궁금해할 필요도 없다
실체가 있으면서 동시에 실체가 없는 것
그게 바로 덩어리의 운명이다
가령 인간을 덩어리로 규정한다면
고깃덩어리나 비곗덩어리, 혹은 똥덩어리일 수도 있
겠지만
뭐라 잘라 말할 수 있겠는가

잘라 말할 수 있는 것은 이미 덩어리가 아니다
그저 움직이는 덩어리 덩어리

골목

아이들은 골목에서 놀았다 그 골목에 나도 있었지만
아이들이 나하고는 안 놀아서 나는 아이들하고 놀지
않았다
골목은 들이밀기 힘든 열쇠구멍 같았다
혼자서도 잘 놀아요, 구멍 밖으로 세상은 아득했고
훔쳐보기에는 골목의 외등이 너무 환했다
나는 하릴없이 돌을 던져 등을 깨뜨리곤 했다
고개 숙여 물끄러미 제 발치께나 응시하는
외등의 사색은 깊었다 나는 그 자세가 마음에 들었다
돌연 주먹을 날리거나 머리채를 휘어잡기도 하면서
아이들은 자라서 구멍을 잘도 빠져나갔다
용용 몰랐지? 열쇠를 흔들며 아이들이 떠나간 뒤에도
골목에 아이들은 여전했다 다만 그 아이들이
나하고는 안 놀았던 그 아이들인지는 알 수 없었다
나는 아이들하고는 안 놀아서 아이들은 나하고 놀지
않았다

열쇠를 목에 건 아이들이 저마다 혼자 놀고 있었다

빅뱅

대폭발이 우주를 만들었다고 한다
우주는 한 점에서 출발하여
정확히 표현하자면 대폭발이라기보다
모든 방향으로의 순간적인 대팽창으로 이루어졌다고
한다
지금도 여전히 팽창하고 있어서
우주의 무수한 은하들은 서로 점점 더 멀어지고 있단다
다른 은하에서 보면 우리 태양계도
점점 더 멀리 보이고 있을 것이다
빅뱅이란 그러니까 은하와 은하가 서로 줌 아웃, 하
는 것
꺼이꺼이 불러봐야 우주는 서로 멀어지고
우리는 점점 더 외로워질 것이다
지금 당장 이웃을 사귀어야 하는 이유다

'아우라'의 글쓰기, '사이'의 존재론

이찬 · 문학평론가

'연금술' : 아우라의 글쓰기, 흔적의 미학

지난 세 권의 시집에서 나날의 삶이 거느린 비루한 삶의 풍경과 마음의 얼룩을 첨예한 보석의 언어로 벼려내는 데 빼어난 솜씨를 보여준 강연호의 이미지 조각술은 이번 시집 『기억의 못갖춘마디』에서도 고스란히 살아 번뜩거린다. 그것은 "꽃이란 다른 게 아니다 누군가를 위해/깨끗이 울어준다는 것/아니 울음조차 꾹꾹 눌러 삼킨다는 것/저기 꽃 벚꽃들 울음을 감춘다"(「울음」), "이 골목의 너무 많은 모퉁이마다/주름이 깊어졌는지 모른다, 주름을 당겼다 놓으며/모퉁이를 돌아나간 아코디언풍의 바람을 기억하는지"(「이 골목의 너무 많은 모퉁이 1」) 같은 이미지들에서 도드라지게 나타나지만, 이 시집의 큰 윤곽선과 "모서리" 마디마디에 새겨진 작은 무늬들은 빠짐없이 저 조각술로 축조되어 있다고 보아도 좋다. "간절한 비손이 허드렛물을 정화수로 바꾸듯이"(「지긋지긋이 지극하다」)라는 말처럼, 그것은 '성/속'의 완강한 위계적 존재론을 이지러뜨리면서 "너스레를 떠는 삼류"(「이 골목의 너무 많은 모퉁이 2」)로 살아갈 수밖에 없는 누추한 나날의 질감들을 "일종의 아우라", "흙으로 돌아가는 중에 잠시 어리는 빛살 같은 것"(「아우라」)으로 마름질하려는 예술적 "연금술"(「물고기 화석」)에서 뻗어 나온다.

만물상답게
없는 것 없어서
백열전구는 휘황찬란하고
김치 국물 한 방울에 치미는 식욕
사람들은 묵묵 지나간다

밥의 그늘
당신의 그늘
당신, 이라는 그늘

지상의 방 한 칸을 위해
지하보도 쪽방

만물상을 차려 평생이란다

없는 것 없어도

밥이 만물이란다

사내의 입속

그늘이 깊다

─「밥의 그늘」 부분

　"만물상"이란 문자 그대로의 차원에서 본다면, "없는
것 없어서" "휘황찬란"한 장소이겠지만, 사실상 "지하
보도" 같은 후미지고 음습한 자리에 제 생의 터전을 마
련한다. 그것이 품은 말과 존재 사이의 어긋남을 시적
인 것이 태어나는 예술적 바탕으로 뒤바꾸려는 자리,
여기서 시인의 방법론의 중핵이 움튼다. "지상의 방 한
칸을 위해" 제 "평생"을 모조리 바쳐야 하는 고단한 삶
에도 어김없이 "밥"과 "식욕"이라는 몸의 굴곡진 시간
은 찾아든다. 이 시간을 시인은 경제적 생존본능이나
동물적 충동으로 가두지 않는다. "밥의 온도야말로 / 절
대적으로 상대적이다"라는 말처럼, "만물상"의 "늙은
사내"에게 깃들인 "밥의 그늘"과 "사내의 입속 그늘" 속
에서 "휘황찬란"하게 뿜어져 나오는 시적인 순간을 목
도한다.

따라서 "휘황찬란"이라는 문양은 두 겹의 아이러니로 둘러싸인다. 하나는 "만물상"이 환기시키는 과장스런 허사를 풍자적 조롱이 아니라 연민의 감각으로 감싸는 것이며, 다른 하나는 그 말의 허구적인 뉘앙스를 제 운명으로 살아낼 수밖에 없는 자가 껴안은 "그늘"을 그야말로 "휘황찬란"한 예술적 영감의 원천으로 바꾸어놓는 것이다. 이러한 전도 현상은 첫 시집 『비단길』에 나타난 "썩어 악취 풍길 왕년"의 "기억"과 "그리움"의 발원지인 "제기천"을 "세느강이라 부른" 그 "서투른 이국취미"(「제기동 블루스 3」) 속에 이미 깃들어 있던 것이지만, 이번 시집에서도 구석진 "모퉁이"의 무늬들로 살며시 스며들어가 은은한 빛깔로 반짝거린다.

그 시절 지나면 몸살이란
스위치를 올리자마자 팍 불이 나간
백열등 같은 것, 잠시 미련처럼 빛살이 어려
알전구를 귀에 대고 흔들어본다
이 어둠을 어찌 돌이킬래?
누군가 속삭인다
끊긴 필라멘트마냥 파르르 오한이 온다

추워서 뜨거웠고 어두워서 환했던

기억이 있다, 그 불량의 시절인 듯
연탄불처럼 다시 층층 포개지고 싶다
포개져 마침내 화르륵 타오르는 체위이고 싶다
나중에는 부엌칼로 갈라야 하더라도
가르다가, 앗 뜨거라 불투성이로 깨지더라도

몸살이란, 그 기억에 살이 낀 것이다
혼자 열없이 열 오른 것이다

―「몸살」 부분

덩어리 속에는, 그러니까 덩어리라는 말 속에는
감추어진 비애 같은 게 꿈틀거린다
비애는 감추어져 있을 때 극한을 이룩한다
저 덩어리 속에 감추어진 비애의 극한은
그러나 두루뭉술하다
덩어리는 정형이면서 또한 비정형적인 대상을 가리킨다
그러니 두루뭉술할 수밖에 없다
실체를 궁금해할 필요도 없다
실체가 있으면서 동시에 실체가 없는 것
그게 바로 덩어리의 운명이다

―「덩어리」 부분

「몸살」은 세 번째 시집 『세상의 모든 뿌리는 젖어 있다』에 기록된 "돌이킬 수 없는 물방울 같은, 좌절된 열망의 흔적", "흔적의 글쓰기"(「自序」)에서부터 이어져 내려온 시인의 필법을 응축한다. 특히 "몸살이란, 그 기억에 살이 낀 것이다 / 혼자 열없이 열 오른 것이다"라는 구절은 "연금술"이 품을 수밖에 없을 '인간중심주의'에 대한 시인의 반성적 통찰을 축약해서 보여준다. "연금술"이란 결국 '잘 빚어진 항아리'라는 보석을 캐내기 위해 쓸데없는 것, 그 군더더기의 "얼룩"이나 잡스러운 "흔적"을 지우는 데서 시작되는 것이기 때문이다. 나아가 저 비유어는 차고 단단하고 흠결 없는, 그렇게 간결하고 명징한 문양들로 매끈하게 윤색된 예술작품을 암시한다. 따라서 그것은 바로 지금 우리 눈앞에서 느낄 수 있는 미감의 충족과 완결성을 성취하기 위하여 그 모든 "흔적"과 "얼룩"과 "금"을 지우고 닦고 씻어내는 행위의 궤적을 그린다. 그것은 인간의 미적 완상이 누리는 쾌감과 행복감이라는 가치를 만들어내는 것이 틀림없지만, 그 인간적 가치를 위하여 무수한 "흔적"과 "얼룩"과 "금"을 모조리 폐기처분해야만 하는 것이기 때문이다.

저 "연금술"의 인간적 가치를 넘어서려는 자리에서 이 시편이 넓게 드리우고 있는 "흔적"의 미학이 태어난다.

"추워서 뜨거웠고 어두워서 환했던/기억이 있다. 그 불량의 시절인 듯/연탄불처럼 다시 층층 포개지고 싶다/포개져 화르륵 타오르는 체위이고 싶다"라는 말처럼, 그것은 "기억"의 꽃핀 저쪽 어두운 뒤편으로 사그라졌던 "그 불량의 시절"을 지금 이 시간에 "화르륵 타오르는" 현재의 "몸살"로 되살리려는 활물성의 이미지를 동반한다. "몸살"이란 결국 "그 기억에 살이 낀 것", "그 기억"이 모두 쓸어안을 수 없기에 "혼자 열없이 열 오른 것", 시인의 마음결에 가라앉은 어떤 "흔적"과 "얼룩"과 "금"에서 솟아오른 것이다. 따라서 "끊긴 필라멘트마냥 파르르 오한이 온다"는 살갗의 이미지는 "기억"의 "연금술"을 넘어서 "흔적"에 이미 주름져 있는 그 생생한 현재적 감각을 펼쳐놓는다. 이 시편에서 빈번하게 활용된 "봉", "찍찍", "질겅질겅", "꽉", "파르르", "화르륵", "앗" 등과 같은 의성어와 의태어 역시 현재의 시간 속에서 여전히 살아 꿈틀대는 과거의 "흔적"을 제 거죽 위로 끌어올린다.

「덩어리」는 인간중심적인 가치 바깥에 실재하는 것들에 대한 시인의 오랜 관찰과 사유로부터 빚어진 시편이라 짐작된다. 그렇다. "덩어리"는 "뭐라 규정할" 수 없는 "정형이면서 비정형의 대상"이지만, "덩어리 속에는, 그러니까 덩어리라는 말 속에는/감추어진 비애 같은 게 꿈틀거린다". 그것은 인간적 시선으로 쪼개어진 것이 아니기에, "실체가 있으면서 동시에 없는 것"이며, "잘라 말할 수 있는 것"이 아니다. 그것은 인간적 편리와 안락을 위해 간취되고 포획되고 분류된 그 모든 것들이 존재 그 자체의 참된 실상과 무관하다는 반성적 통찰의 힘을 내뿜는다. 따라서 '인간중심주의'의 횡포에 대한 시인의 반성과 비판적 사유가 "덩어리라는 말 속에는/감추어진 비애 같은 게 꿈틀거린다/비애는 감추어져 있을 때 극한을 이룩한다"라는 문양으로 새겨지는 것은 지극히 자연스런 일이다.

'그늘의 길이' : 空의 감각, 허무주의의 리듬감

물론 죽은 나무는 죽은 나무이므로
말뚝에서 새순이 트고 줄기가 벋고 잎이 무성할 수는 없다
그러나 어디 말뚝으로 박혔다면
왕년의 시간을 돌아보아도 좋을 것이다
다만 그때 다른 길이 있었다고는 말하지 말자
세상의 모든 세월이 그믐으로 가듯
세상의 모든 길이 결국 외길이었음을
새기지도 말자, 제 주위를 빙빙 돌았을 뿐이지만
덜렁 뽑히거나 꺾일 게 아니라

외곬의 고집으로 퉁명스럽게 버티다가

버티다가 마침내는 아예 땅속으로 머리끝까지 처박혀버리
는 것

그것이 말뚝의 최후이자 죽어서 영원히 사는 처음일 것이다
—「말뚝」 부분

"말뚝"이라는 사물에 들어박힌 "나무"의 완강한 "흔
적"은 "말뚝은 죽은 나무지만/죽은 나무는 죽어서도 버
티어 서 있다 그 고집이 아프다/어찌 보면 말뚝이야말
로 죽어서 사는 나무 아닌가"라는 문양으로 새겨진다.
이렇듯 오랜 시간의 깊이 속에서 마모되고 훼손된 "말
뚝"의 기원은 "나무"가 분명하지만, 시인은 그 기원적 순
결성에게 어떤 신성한 가치를 덧씌우려 하지 않는다. 오
히려 "새순이 트고 줄기가 벋고 잎이 무성할 수는 없"는
것이 되어버린 "말뚝" 자체가 품은 존재의 터전을 조명
하려 한다. 그것은 "말뚝이라는 낱말의 모양새나 소리에
도 무뚝뚝하게 묻어 있다"라는 문자적이거나 음성적인
표기의 차원에서 그 '흔적'을 발견할 수 있는 깊은 통찰
의 시간을 거느린다.

따라서 "말뚝"이 "죽은 나무"에 불과하다는 그 생명 현
상이 중요한 것은 아니다. 오히려 "외곬의 고집으로 퉁
명스럽게 버티다가/버티다가 마침내는 아예 땅속으로

머리끝까지 처박혀버리는" 그것의 "최후이자 죽어서 영원히 사는 처음"의 시간, "말뚝"으로 태어나는 존재론적 비약의 순간이야말로 저 기원이 다시 움터나는 창조의 시간일 것이다. 이렇듯 '기원'과 '흔적'의 위계 관계를 뒤바꾸려는 시인의 방법론적 싸움은 "주름을 당겼다 놓으며 / 모퉁이를 돌아나간 아코디언풍의 바람"(「이 골목의 너무 많은 모퉁이 1」)을 놓치지 않고 현재의 시간 속에서 되살려내려는 예술적 기투의 "흉터"를 남긴다.

"비닐 장판이 둥글게 뜯겨 있다 / 뜯긴 자리가 흉터마냥 거뭇거뭇하다 (…) 그 자리가 모락모락 치밀어 오른다 / 뜨겁다"(「흔적」), "누가 알 것인가, 신발이 언제나 / 맨발을 꿈꾸었다는 것을 / 아 맨발, 이라는 말의 순결을 꿈꾸었다는 것을 / 그러나 신발은 맨발이 아니다 / 저 짓밟히고 버려진 신발의 슬픔은 여기서 발원한다 / 신발의 벌린 입에 고인 침묵도 이 때문이다"(「신발의 꿈」), "조립식 비닐옷장은 지퍼의 긴장을 반쯤 풀고 / 찢긴 상처나 얼룩쯤이야 스카치테이프로 견뎌낸 / 힘센 가족사와 살림을 전시하고 있다"(「조립식 비닐옷장」), "가족이란 그런 것이다 / 무릎이 튀어나온 바지는 어제도 안간힘으로 기어 다녔기 때문이고 / 목이 축 늘어진 셔츠는 일 터질 때마다 고개 떨궜기 때문이다 / 삶아도 누런 속옷은 식은땀 문질러 댄 살갗 탓이다"(「팽나무 가족사」) 등과 같은 문양들은, 닳

아빠지고 뜯기고 버려진 그 모든 존재들의 "흔적"을 거슬러 "그늘의 길이" 속에서 팽팽한 "살갗"으로 살아 있었을 감각적 현존의 순간을 되찾아온다. "비닐 장판"과 "신발"과 "조립식 비닐옷장"에게도 인간의 편리와 안락과 심미성이라는 사용가치로 폐기할 수 없는 존재의 견고한 권리, 그 감각이 살아 꿈틀거렸을 시간의 깊이가 새겨져 있기 때문이다.

세계의 모든 존재자들에게 여울져 있는 시간의 깊이와 그 얼룩덜룩한 감각의 질감들을 현재의 시간으로 되살려내려는 시인의 기투는 제 "기억의 모퉁이"마다 흠집을 남겼을 '회감(Erinnerung)'의 처연한 울림으로 번져나지 않는다. 특히 이번 시집 『기억의 못갖춘마디』를 이루고 있는 대부분의 시편들은, '차이', '타자', '소수자', '정치시' 등과 같은 말로 호명되었던 최근 한국문학의 흐름에 합류할 수 있는 예술적 짜임새를 간직하고 있는 것으로 보인다. 그것은 두 갈래의 지력선을 이룬다. 하나는 자연-생태시의 이념적 근간을 이루었던 '아날로지'의 세계관을 '허무주의'의 리듬감으로 대체하려는 시도이고, 다른 하나는 시인의 자아분열감을 돋을새김의 문양으로 펼쳐낸 시편들이다. 이 둘은 사실상 동일한 태반에서 자라난 쌍생아이자 서로를 마주 보고 함께 비추는 두 겹의 거울이다.

문득 나 역시 늘 도망치며 살았다는 생각

사람을 피해 떠돌았다는 생각

이제 누군가를 만나면 내가 이민족 같다

연변 러시아 우즈베키스탄 몽골인지

혹은 태국 인도네시아 필리핀 방글라데시인지

사방팔방 북상과 남하의 갈림길에서

잠시 지쳐 머물다가

다시 떠날 채비에 분주한 철새 같다

—「디아스포라」부분

　어느 날 시인은 "김제 만경 들판"을 지나다가 "무리를 이룬 겨울 철새들"과 마주친다. 이 풍경 뒤로 다른 풍경이 겹친다. "절대 도망 안 가는 베트남 처녀"라는 "길가 현수막"의 풍경은 시인의 마음을 후려치면서 화살처럼 날아와 박힌다. 그 자리에서 움터난 시구, "문득 나 역시 도망치며 살았다는 생각 / 사람을 피해 떠돌았다는 생각 / 이제 누군가를 만나면 내가 이민족 같다"는 바르트(R. Barthes)가 말했던 '푼크툼(punctum)'의 화살일 것이다. "찔린 자국이고 작은 구멍이며 조그만 얼룩이자 작게 베인 상처"라는 말로 '푼크툼'을 요약할 수 있는 것처럼, 저 두 가지 풍경의 겹침은 시인에게 "내가 이민족 같다"는 전율 어린 깨달음을 강제해온다. 나아가 "이 생에서 디아스포라 아닌 자/어디 한번 나와 보라고 해/먼저 돌을 던지라고 해"라는 말은 그 깨달음이 '허무주의'라는 시인의 한층 깊고 내밀한 '근본 기분'으로 뻗어가고 있다는 사실을 암시한다.

「디아스포라」는 인간과 자연을 서로 다른 존재자들로 대립시키고, 인간을 그 국적에 따라 "연변 러시아 우즈베키스탄 몽골인지", "태국 인도네시아 필리핀 방글라데시인지"를 나누고 가르고 분별하려는 그 모든 사유 방식들을 암묵적으로 조롱한다. 나아가 세계에 거주하는 모든 존재자들에게서 "디아스포라"의 보편성을 찾아낸다. 이 보편성은 결코 자연과 인간과 신의 상호 연속성과 동일성을 근본 개념처럼 전제하는 '아날로지(analogy)'로 완결되지 않는다. 시인이 그려낸 "디아스포라"의 뒷면에서 울려 퍼지고 있는 것은 '형이상학'과 '존재신학'의 이념적 동일성이 아니라, 세계의 모든 존재자들의 이름과 국적과 정체성이 매우 임의적인 것, 그야말로 헛되고 헛된 '가명(假名)'에 불과하다는 '공(空)'의 감각이며, '허무주의'라는 '근본 기분'이기 때문이다. 따라서 "하늘의 길과 땅의 길이 다르지 않다"라는 구절은, '천문(天文)' 속에서 '인문(人文)'을 찾아낼 수 있으며 '인문' 가운데서 '천문'을 헤아릴 수 있다는 '아날로지'의 비전에서 비롯되는 것이 아니다. '공'의 보편성, 아니, 시인의 가슴속 깊이 들어박힌 '허무주의'의 리듬감에서 새어 나오는 것이 분명하다.

이렇듯 시인의 밑바닥을 휘감고 있는 '허무주의'는 시집 곳곳에 흩뿌려진 배음으로 울려나면서 '아날로지'의 광활한 원심력을 일그러뜨리고 흠집을 낸다. "청춘은 가고 연애는 끝나도 / 별은 떠서 세상이 우주라는 것을 / 결국은 한통속이라는 것을 알려준다 / 광년과 광년을 건너 어느 기슭에 흘러가 닿은 시선이 / 마침내 길을 만들고 별자리를 이룬다는 것을 / 그러니 간절하지 않을 도리가 없다"(「유리병 편지」), "이 저녁의 장엄 미사 / 전 우주의 오후 같은 오후로 깊어진다 / 한 땀 두 땀의 저 별빛이 우리 눈에 들기까지 / 몇 백 광년이 흘러간다고 한다 / 여태 지구에 도착하지 않은 별빛도 / 얼마나 더 있는지조차 알 수 없다고 한다"(「봄날 저녁의 우주」)라는 시구들은, 분명 "자연의 우발성과 사건에 맞서서 인간을 포함한 모든 예외적 존재들이 자신의 닮은꼴과 감응을 발견하는 조화와 화합의 무대"(옥타비오 파스, 『진흙 속의 아이들』)인 '아날로지'의 그림자를 거느린다. 그러나 그것은 "우주는 역시 위태롭게 가는 맛이 제격이다"(「유리병 편지」), "그동안 세상은 또 더러워지고 / 간간 흙비도 섞일 것이다"(「봄날 저녁의 우주」)라는 균열과 흠집의 무늬를 다시 덧입히고 있다. 바로 이 자리에서 '아날로지'의 우주적 교향악을 교

란시키는 '아이러니'의 불협화음이 태어난다.

> 내 얼굴의 거울은 바로 네 얼굴인 것을
>
> 나는 언제나 너를 질투하지
>
> 거울아, 거울아, 이 세상에서 누가 제일 너 같지?
>
> 답이 마련된 질문을 거듭 던지며
>
> 뻔뻔하게도 나는 얼굴을 붉힌 적이 한 번도 없지
>
> 두드려라, 깨질 것이다
>
> 두드려라, 깨진 만큼 늘어날 것이다
>
> 나는 짐짓 지구본마냥 고개 기울여
>
> 늘어난 얼굴들을 빤히 쳐다보며 묻지, 누구시더라?
>
> ──「데자뷰」 부분

시인은 '조화와 화합'의 마술인 '아날로지'의 거죽 아래, 그것이 '피 흘리는 상처'이자 '숙명적 예외'일 수밖에 없을 '아이러니'를 살포시 포개놓는다. 저 '아이러니'가 제 온몸을 다해 거죽으로 솟아오른 자리, 여기서 「데자뷰」, 「거울 TV」, 「울음」, 「불 꺼진 창」 등과 같은 자아분열을 토로하는 시편들이 탄생한다. 「데자뷰」는 "내 얼굴"을 보는 "거울" 속에 "타인의 얼굴"이 나타난다는 점에서, 식민지 시대 이상의 작업을 잇는 시편으로 기록될 수 있

을지도 모른다. 그러나 그 작업을 다른 차원으로 확장시
킨다. 그것은 "거울" 이미지가 거느려온 클리셰, 자아분
열의 비애감과 음울한 뉘앙스를 활달하고 익살스런 가
면극으로 바꾸는 자리에서 발생한다. "이미 답을 알고
던지는 질문", "답이 마련된 질문을 거듭 던지며"라는 시
구는 "거울" 이미지가 오래도록 누려온 클리셰의 효과를
뜻한다.

　　그러나 "거울아, 거울아, 이 세상에서 누가 제일 나 같
지?"라는 두 겹의 시구나 "뻔뻔하게도 나는 얼굴을 붉힌
적이 한 번도 없지"라는 이미지는, 저 비극의 클리셰로
부터 멀찌감치 날아올라 가볍고 경쾌한 동화적 구연의
감각을 이끌어온다. 나아가 "가면이란 많으면 많을수록
좋다"는 니체(F. Nietzsche)의 힘과 정념의 인간학을 불러
들인다. 이 작품의 맨 마지막 매듭, 그 가운데서도 "두드
려라, 깨진 만큼 늘어날 것이다", "늘어난 얼굴들을 빤히
쳐다보며 묻지, 누구시더라?" 같은 이미지들은 자아분열
감을 시인이 참담하게 누설하는 것이 아니라, 오히려
"등골 서늘해지는 느낌"을 "즐길" 수 있을 만큼 여유와
지혜를 끌어안게 되었다는 것을 암시한다.

　　지금은 없는 누군가의 서늘했던 그늘
　　그 어두웠던 눈 밑으로

문득 흔들렸을, 잠깐 반짝였을

불빛인지 물빛인지를 놓치지 않았으나

그저 놓치지 않았을 뿐

내가 감당하지 못할 것 같아 애써 멀리 외면했던

그늘의 길이를, 마침내는 깊이를

이제 와 곰곰 되짚는 일이다

그러나 눈 흐려진 지 오래

한 뼘 두 뼘 겨우 더듬을 뿐

사람의 그늘을 재어본 지 오래다

—「사람의 그늘」 부분

"사람의 그늘을 만난 지 오래다"라는 말을 읊조리는
자에게 여러 겹으로 에워싸인 시간의 "주름"과 한탄 어
린 잔상들이 묻어 있을 것은 자명하다. 그것은 단순히
"나이"라는 시간적 누계와 체적으로 어림잡을 수 있는
것이 아니다. 그것은 "사람의 그늘"을 보고 듣고 어루만
지지 못하는 자신을 "눈 흐려진 탓"으로 책망하면서 "나
이 들면 자꾸 멀리 보게 마련이고/멀리 건너다보는 시
력으로는/사람의 그늘도 흐리게 뭉개지는 법"이라고 정
직하게 발설할 수 있는 자만이 품을 수 있는 성찰의 힘에
서 나온다. 이러한 성찰이 강연호의 여러 시편들에 빼곡
하게 들어차 있는 '말과 시간의 깊이', 또는 "흔적의 글쓰

158

기"로 만개했다는 것은 우리가 지금까지 이야기해온 바와 같다. 그러나 이번 시집 『기억의 못갖춘마디』는 그것을 이어가는 가운데서도 전혀 다른 예술적 질감들을 시의 속살 한가운데 새겨 넣고 있다. 그것은 "내가 감당하지 못할 것 같아 애써 멀리 외면했던／그늘의 길이를, 마침내는 깊이를／이제 와 곰곰 되짚는 일이다"라는 문양에 이미 예고되어 있다. 이 문양은 "누군가의 서늘했던 그늘", 시인의 기억과 마음결에서 "흐려지"고 "뭉개지"고 "놓쳐"버렸던 다른 진실들을 되찾으려는 '깊이의 리얼리즘'으로 번져나가기 때문이다.

'그리움', 무능력과 비-잠재성의 성찰

시인이 섬세한 붓끝으로 짜고 엮고 어루만지는 '깊이의 리얼리즘', 그 '원초적 글쓰기'의 바탕 세계는 "바닥의 바닥까지 내려가／여기가 바로 밑바닥이구나 싶을 때／바닥은 다시 천길만길의 굴욕을 들이민다는 것을／굴욕은 굴욕답게 캄캄하게 더듬어온다는 것을"(「바닥」)이라는 문양으로 나타난다. 그것은 "바닥의 바닥까지 내려가" 그 "밑바닥"의 "천길만길의 굴욕"을 온몸으로 받아낼 수 있는 충실성의 위력을 품는다. "여자로서는 일찌감치 텅 빈 자리／그래서 결국 영원히 가득 차 있는 자리

/진짜 깊이란 그런 것이다"(「이명의 깊이」), "그것은 문득, 장롱에 차곡차곡 개켜 넣은/철 지난 옷가지들을 물끄러미 바라보는 일처럼 서글펐답니다/이제 돌아가면 오래전 쑥뜸 자국 같은 한숨 한번 몰아쉰 뒤/이명보다 깊이 잠들 수 있을런지요"(「산수유 마을에 갔습니다」) 등과 같은 문양들은, 제 속살의 숨겨진 색감과 굴곡진 시간의 음영을 드러낸다. 여기서 "천길만길의 굴욕", "영원히 가득 차 있는 자리", "오래전 쑥뜸 자국"은 그 오랜 "그늘의 길이"를 거슬러 살아나고, 또 살아나 매번 그렇게 다시 살아날 수밖에 없는 '실재', 결코 사라지지 않는 그것의 "흔적"을 현시하려는 이미지의 중핵이다.

내 기억의 못갖춘마디 속에 꾹꾹 도돌이표를 찍어놓고
너는 또 어느 봄날에 미쳐 해배된 것일까
이쯤에서 우리 그만두자고 큰소리치고 싶었지만
목적어를 명시하지 못한 객기는 조금 불안했다
대신 하염없는 취생몽사의 어디쯤
옷깃만 스치는 생의 말엽에 대해 골똘히 생각했다
末葉, 그때는 정말 마지막 잎새처럼 악착같이 매달리지는 말자
다만 잘 지내지? 지나가는 말로 안부를 물어주는 게
그나마 세상의 인연을 껴안는 방식이라는 것

설마 외로운 건 아니었으면 싶다 나는 또 담배를 끊었다

—「중언부언의 날들」 부분

깨달음은 왜 늘 뒤늦은가

뒤늦더라도 기어이 오기는 와서

밀린 생을 돌아보게 하는가

이미 늦었다고 뭉개버리게 하는가

정말 뒤늦은 깨달음은

스스로에게 간절할 자신이 없는 나를

내가 여전히 잔뜩

움켜쥐고 있다는 데, 있다

—「가장 이른 깨달음」 부분

이름이란, 일체의 수식을 무정차 통과시킨

앙금 아닌가, 문장과 구절과 행간과

행간의 여백마저, 여백의 침묵조차

스르르 모래알처럼 손가락 사이로 흘려보낸 뒤

겨우 남은 지시어나 구두점 같은 것

그나마 문지르면 깨끗이 지워질 거다

—「바람의 정거장」 부분

골목은 막상 갈 곳이 없어서

마지막으로 모퉁이를 돌면서 오래 머뭇거렸는지 모른다

갈 곳 없어지면 결국 불량해지는 법이지

이 골목의 너무 많은 모퉁이마다

주름이 깊어졌는지 모른다, 주름을 당겼다 놓으며

모퉁이를 돌아나간 아코디언풍의 바람을 기억하는지

빈집과 불 꺼진 방을 감춘 골목은

세상에서 가장 깊은 표정을 지었겠지

　　　　　　　　—「이 골목의 너무 많은 모퉁이 1」 부분

"내 기억의 못갖춘마디", "정말 뒤늦은 깨달음", "행간의 여백", "이 골목의 너무 많은 모퉁이" 등과 같은 시어들은, 시인의 기억과 마음결을 그냥 스쳐 지나간 무수한 사건들의 "가장 깊은 표정"을 끌어올리려는 예술적 기투를 명징하게 보여준다. 그러나 그것이 그 누구도 어찌할 수 없는 시간의 "주름" 속에서 "겨우 남은 지시어나 구두점 같은 것"일 수밖에 없다는 것을, 아니, "정말 뒤늦은 깨달음"에 불과하다는 사실을 시인은 겸허하게 받아들인다. 그렇다. 지나간 과거는 이미 되돌릴 수 없는 것이므로 "빈집과 불 꺼진 방을 감춘 골목"으로 그냥 그렇게 우두커니 서 있는 것일 뿐이다. 그럼에도 불구하고, 시인은 어찌하여 "이 골목의 너무 많은 모퉁이마다" 엇갈렸던 운명의 "주름"들, 그 "모퉁이를 돌아나간 아코디언풍의 바람을 기억하"려 하는 것일까? 그것은 "다만 잘 지내지? 지나가는 말로 안부를 물어주는" 것 이외에는 아무것도 할 수 없는 무기력한 마음결이거나, "그나마 문지르면 깨끗이 지워질" 가냘픈 흔적이자 흐릿한 얼룩에 지나지 않는다. 그러나 그것은 "그나마 세상의 인연을 껴안는 방식"이자 "뒤늦더라도 기어이 오기는 와서 / 밀린 생을 돌아보게 하는" 그리하여, "너무 늦었다는 깨달음이야말로" "가장 이른 깨달음"이라는 깊고 깊은 성찰의 시간을 마련해주는 것 또한 분명한 사실이다.

이러한 성찰이 지금-여기에서 이미 완강하게 굳어져 버린 연기(緣起)의 사슬을 끊어낼 수 없을지언정 '이미 지나간 과거'와 '아직 오지 않은 미래'를 대질심문시키면서 생의 그 숱한 우여곡절들과 운명선에 대한 겸허의 마음을 가져다줄 것은 틀림없는 일이다. 나아가 '다른 미래'를 열고 나아가려는 삶의 충동과 결단의 용기를 불러일으킬지도 모른다. 시인이 "정말 뒤늦은 깨달음"을 "가장 이른 깨달음"이라고 바꿔 부르려는 까닭 역시 바로 여기에 있다. 어쩌면 삶의 무수한 "모퉁이를 돌면서 오래 머뭇거렸"던 그 인연의 "주름"들은 모두 알아차릴 수 없는 것이기에, "깨달음"은 "늘 뒤늦을" 수밖에 없으며 "뒤늦더라도 기어이 오기는 와서 / 밀린 생을 돌아보게"

강제하면서 우리를 후려갈긴다. 따라서 "정말 뒤늦은 깨달음은 / 스스로에게 간절할 자신이 없는 나를 / 내가 여전히 잔뜩 / 움켜쥐고 있다는 데, 있다"라는 말은 단지 수동적인 자기 발견을 뜻하지 않는다. 오히려 '존재하거나 ～을 할 가능성', '잠재성'과 더불어 '존재하지 않거나 ～를 하지 않을 가능성', '비-잠재성'이 한데 얽혀 있다는 시인의 직관적 통찰로부터 나온다.

"내 기억의 못갖춘마디"는 이러한 '비-잠재성'의 세계가 현존한다는 것을 명징하게 드러내는 이미지이자 그 감각의 속살을 내비치는 말이다. '비-잠재성'이란 결국 '무언가를 행하지 않거나 존재하지 않을 수 있는 가능성'을 뜻하며, "내 기억의 못갖춘마디"는 주체의 명증한 의식으로 거둘 수 없는 사라지고 버려지고 지워진 것들의 현존을 암시하는 탁월한 이미지이기 때문이다. 그 "못갖춘마디" 안에서 여전히 일렁이고 있을 "옷깃만 스치는 생의 말엽"과 "밀린 생"과 "여백의 침묵"과 "빈집과 불 꺼진 창"은 그 무언가를 하지 않았거나 할 수 없었기에 생겨난 "앙금" 같은 것이다. 그것은 비록 나날의 삶에서 반드시 주어져야 할 일용할 양식이나 도구로 쓰일 수 없을 것이 분명하지만, "그나마 세상의 인연을 껴안는 방식"이라는 낮고 묵직한 다짐처럼 타자와 세계를 향한 "부끄러움"과 "간절함"을 한꺼번에 들여다볼 수 있는 성찰의 시간을 가져다줄 것이다.

　　마음에 불 꺼진 창이 있었다

　　나는 늘 밖에서 어둡게 서성거렸다
　　그리고 누군가
　　내 안에서 불 끄고 우는 사람이 있었다
　　우리는 한 번도 만난 적 없고
　　연애는 언제나 깜깜했으나
　　돌이켜보면 그래서 결국 환했다

　　나를 서성거리게 할
　　누군가를 내 안에 남겨둔다는 것
　　그것을 알기까지 오랜 세월이 흘렀을 뿐
　　그동안 아프게 늙었을 뿐
　　언제라도 만나고 싶어 간절했으나
　　막상 창을 열고 불을 켜면
　　텅 비어 있을 것만 같아 두려웠다

　　　　　　　　　　　　　　　　　　—「불 꺼진 창」 부분

　　"나는 늘 밖에서 어둡게 서성거렸다"는 말을 '의지'의
문제로 풀어낸다면 아마도 많은 부분을 놓치게 될 것이

다. 그것은 삶의 어떤 "모퉁이"에서 무언가를 행할 '의지'를 갖지 못했던 자가 뱉어낸 쓸쓸한 탄식이거나 비감 어린 소회가 아니기 때문이다. 그것은 황현산의 말처럼, "그리워하는 그 세계가 확실하게 거기 있기 때문"에 배어 나올 수 있는 이미지이다. 따라서 시인은 저 "그리움"의 세계를 "언제라도 만나고 싶어 간절했으나" 그냥 "내 안에 남겨둘" 수밖에 없었을 것이다. 그것은 당장 내가 거머쥐고 취해야 할 소유물이 아니라, "그리움"이 이루는 마음의 일렁임 자체이기 때문이다. "느슨한 듯 팽팽한 듯 / 그 거리만큼의 관계가 나는 미로처럼 어렵다"(「관계」)라는 말에서 울려나는 것처럼, 시인이 한결같이 "그 거리만큼의 관계"를 지켜내려 했던 이유 또한 저 "그리움"에 있다. "그리움"이란 "불 꺼진 창을 불 꺼진 창으로 남겨두"는 것이며, 그 "창"을 열고 들어가 환하게 "불"을 켜는 것이 아니라, "밖에서 오래오래 서성거릴 것 / 열지 말 것"이라는 자세를 견고하게 유지할 때에야 비로소 움 터나는 마음의 파문이기 때문이다. 그것이 가능하기 위해서는 "나를 서성거리게 할 / 누군가를 내 안에 남겨두" 어야만 하지만, 시인은 "그것을 알기까지 오랜 세월이 흘렀을 뿐 / 그동안 아프게 늙었을 뿐"이라고 야윈 목소리로 읊조린다.

그러나 "그리움"의 마음결이 빚어내는 애잔함의 정서

는 시집 곳곳의 "모퉁이"로 스며들면서 둔중하게 가라앉는다. "누군가에게 스스럼없이 울음을 건넬 수 있다는 것/슬픔에도 건강이 있다/그녀는 이윽고 전화를 끊었다/그제서야 나는 혼자 깊숙이 울었다"(「건강한 슬픔」), "하지만 그대를 향한 마음이 스스로를 깎아/참으로 허무하게 허물어지면서/웅숭깊던 속내 역시 차츰 메워질 것도 압니다"(「물웅덩이」), "돌절구는 모래시계를 닮았다/언젠가는 스스로도 모래알로 흘러내리며/시간의 풍화를 묵묵히 헤아릴 것이다"(「돌절구」), "오후의 그늘은 문득 늙고/당신의 그늘은 자취가 없네/물 고인 돌확에 부레옥잠 떠다니듯/나는 일어나 빙빙 도네"(「영원의 그늘」) 같은 문양들은, 끝이 보이지 않았던 "그리움"이 "영원"처럼, 아니, "영원히 순간"처럼 아스라한 시간의 깊이로 새겨져 있었다는 사실을 힘겹게 증언한다. "그리움"이란 현실성의 차원에서 그 무언가를 행하지 않을 때에만 남겨질 수 있는 '비-잠재성'의 몫이자 누군가를 "영원히" 사랑할 수 있도록 하는 둔중한 마음의 터전이기 때문이다. 따라서 "그리움"이 늘 여전한 "그리움"으로 남아 있기 위해서는 '존재하지 않거나, ~를 하지 않을 가능성', '비-잠재성'이 백지의 빈 바탕으로 삶 도처에 펼쳐져 있어야만 한다. 그것이 비록 현대세계의 일상-기계들을 멈추도록 하는 "일요일"에만 허락될 수 있는 게 으름과 지루함에 불과하더라도.

오늘은 일요일이니까 빨래는 밀려도 뭐 투덜거리지 못한
다 오늘은 일요일이니까 반바지를 헐렁거리며 슈퍼에 다녀
와도 되고 슬리퍼를 질질 끌어도 된다 하루를 몽땅 헐렁헐렁
질질 끌고 싶다는 생각이나 길게 늘어뜨리며 늦도록 뒹굴어
도 된다 오늘은 일요일이니까

일요일은 모든 게 용서되고 일요일은 모든 걸 담아낸다 일
요일의 교회당은 내 주를 가까이 하려 새벽부터 종을 울리고
일요일의 조기축구회는 점심때까지 공을 차고 일요일의 짜
장면은 불어터지고 피자는 식었지만, 오늘은 일요일이니까
중국집과 피자집은 능청을 떤다

—「聖 일요일」 부분

'금 위에서 서성거리다' :
사이의 존재론, 경계의 윤리학

"골목의 너무 많은 모퉁이에서 오래 서성거렸다"(「시
인의 말」)는 문양은 시인 강연호의 생래적인 기질에서 뿜
어져 나온 것이 틀림없다. 그것은 또한 첫 시집부터 이어
져 내려온 그의 실존적 태도와 예술적 필법의 지력선을
축약한다. "도서관 늦은 불빛도 그리워하다 보면 / 이간

어둠쯤이야 싶었던 객기보다 / 시대의 아픔이란 게 다만 지리멸렬했다"(「제기동 블루스 1」, 『비단길』)라고 발설할 때나, "마음은 늘 송사리떼처럼 몰려다니다가 / 문득 일행을 놓치고 하염없이 두리번거리는 것"(「저 별빛」, 『잘못든 길이 지도를 만든다』), 또는 "문득 길이 너무 멀어 둘러보면 나는 언제나 혼자였다 아니 바로 말하자 나는 혼자가 되어서야 겨우 둘러보았구나 너무 늦은 것이다 아니 정말 바로 말하자 나는 처음부터 없는 길을 애써 내고 싶었구나"(「없는 길」, 『세상의 모든 뿌리는 젖어 있다』)라고 고백할 때나, 한결같이 "서성거리"고 "두리번거리는" 시인의 기질과 태도와 필법은 그의 마음결 깊은 곳에 파인 "웅덩이"로 가라앉는다.

> 나는 금 위에서 머물고팠다
>
> 이쪽과 저쪽, 왼쪽과 오른쪽 사이에서
>
> 돌멩이와 최루탄 사이에서
>
> 촛불과 물대포 사이에서, 조차
>
> 나는 금 위에서 아슬아슬하고 싶었다
>
> 그래서 제일 많이 얻어맞았다
>
> 양쪽에서 욕설이 난무했고
>
> 회색은 색이 아니란다, 일단 선을 죽 긋고
>
> 이쪽이든 저쪽이든 넘어야 한단다

노선은 분명해야 하고

탈선이란 선을 벗어나는 것이다

내 분명한 노선은 탈선이 아니다

금의 본색은 아슬아슬하다는 데 있다

금은 왜 밟으면 안 되는가

금은 꼭 넘어야 하는가

금 위에서 오래 서성거리다

—「금 위에서 서성거리다」 부분

"이쪽과 저쪽", "왼쪽과 오른쪽", "돌멩이와 최루탄", "촛불과 물대포" 그 "사이에서" 고뇌할 수밖에 없었던 자의 진실은 "금 위에서 오래 서성거리다"라는 시간의 흔적을 남긴다. 그 진실은 제 처지와 입장을 "회색"이란 말로 되뇔 수밖에 없었던 자가 뱉어낸 괴로움이며, "양쪽에서 욕설이 난무했"던 맹목적 휩쓸림의 한복판을 견뎌낸 자만이 취할 수 있는 "아슬아슬한" 긴장감에서 나온다. 이 괴로움과 긴장감이야말로 자연인 강연호를 매 순간의 고비길마다 시인으로 다시 태어나게 했던 미감(美感)의 드넓은 터전인지도 모른다. 이러한 '긴장의 미학'은 자아의 마음결의 펼침을 문양들의 짜임과 스밈과 울렁거림의 중핵으로 삼는 '서정시', 냉정하고 중립적인 카메라의 시선으로 세계와 사물들이 거느린 그 완강한 사실성을 집요하게 따라잡으려는 '사물시', 그 어느 한쪽으로 "분명한 노선"을 그을 수 없는 이 시집의 몇몇 시편들에서도 그대로 드러난다.

그것은 예컨대, "겨울 내내 창백한 얼굴을 불쑥불쑥 방 안에 / 길게 들이밀어 당황시키던 햇살도 / 이제는 쨍쨍한 밖에서 들어올 생각조차 않는다 / 노숙할 만큼 날이 풀렸다는 것이냐"(「立夏」), "그렇게 몇 번 옷가지와 그릇들을 쌌다가 푸는 동안 / 주인 몰래 벽에 못 박는 일 하나도 수행이라 여기는 동안 / 한때의 갈증과 열망, 모서리란 모서리는 죄다 부대껴 / 이 빠진 살림은 둥글게 닳았을 것이다"(「이사」), "금이 나를 포위한다 / 경계는 조마조마하고 날카롭다 / 처음 이 연못에 돌을 던졌을 때 생겼을 / 물의 흉터, 나는 벌벌 벌서고 있다"(「얼음 연못」) 같은 이미지들에서 가장 또렷한 모양새로 피어오른다. 저 이미지들의 "모서리" 마디마디에 웅크려 앉은 "이 빠진 살림"과 "금"과 "흉터", 그것은 시인의 마음결의 파문과 사물의 흔적의 깊이가 오랜 "그늘의 길이" 속에서 팽팽하게 맞서 있었다는 것을 가늠케 해준다. 나아가 그 모든 "사이"와 "경계"에서 시적인 순간이 덮쳐오는 것을 절감했던 시인의 미감과 필법, 그 '긴장의 미학'을 현시한다.

이처럼 "사이"와 "경계"에 놓인 "회색"의 진실은, 당당한 선언문의 형식으로 나타나거나 선명한 정치적 행동

주의를 낳을 수 없을 것이 자명하다. 그러나 그것은 "세상에서 가장 깊은 표정을 짓고 있었"던 그 모든 "불 꺼진 방들"을 섬세하게 갈피 짓고 보살피고 어루만질 수 있는 힘을 지닌다는 것 또한 분명한 사실일 것이다. 그것은 인간과 사물, 세계의 모든 삼라만상에 '존재하지 않거나 ~을 하지 않을 가능성', '비-잠재성'이 깃들어 있다는 사실을 겸허하게 수용하는 데서 비롯되는 것이기 때문이다. 나아가 그것을 사실 그 자체로서 받아들일 때에서야 비로소 인간과 세계에 대한 참된 성찰의 시간이 도래할 수 있을 것이기 때문이다. 이 시간을 겪어내지 못한 그 모든 윤리학과 정치학은 반쪽의 진실이거나, 공교롭게 치장된 겉치레의 진실에 지나지 않기 때문이다.

어쩌면 "꺼이꺼이 불러봐야 우주는 서로 멀어지고/우리는 점점 더 외로워질 것이다/지금 당장 이웃을 사귀어야 하는 이유다"(「빅뱅」)라는 문양이 이 시집의 맨 끄트머리에 매달리게 된 까닭 역시 저 "회색"의 진실이라는 맥락에서 나오는 것인지도 모른다. 이러한 "사이"의 존재론과 "경계"의 윤리학은 세상을 나누고 가르고 쪼개려는 것이 아니라, 그 모든 진실을 보고 듣고 어루만지려는 것이기 때문이다. 이 시집이 펼쳐내고 있는 새로움의 항목들은 바로 이 자리에서 비롯된다. 그것은 "영원의 그늘"이란 말처럼, "영원"을 "영원히 순간"으로 살아낼 수 있는 끈덕진 둔중함으로 매 순간마다 환생할 것이 틀림없다.

문예중앙시선 015

기억의 못갖춘마디

초판 1쇄 발행 | 2012년 3월 30일
초판 3쇄 발행 | 2014년 7월 30일

지은이 | 강연호
발행인 | 노재현
마케팅 | 김동현, 김용호, 이진규

디자인 | 오필민디자인
인쇄 | 영신사

발행처 | 중앙북스(주)
등록 | 2007년 2월 13일 (제2-4561호)
주소 | (121-904) 서울시 마포구 상암산로 48-6 (상암동, DMCC빌딩 20층)
전화 | 1588-0950
홈페이지 | www.joongangbooks.co.kr

ISBN 978-89-278-0322-5   03810